Josua Schlichting | Black Eye

JOSUA SCHLICHTING

Black Eye

Erzählung

Die Bibliografische Information der Deutschen Bibliothek

Die Deutsche Bibliothek verzeichnet diese Publikation in der Deutschen Nationalbibliografie; detaillierte bibliografische Daten sind im Internet über www.d-nb.de abrufbar.

Einbandabbildung: © munalin | fotolia
Herstellung und Verlag: BoD - Books on Demand, Norderstedt
© 2017 Alle Rechte beim Autor
ISBN 978-3-7431-9139-6

Ich möchte euch eine Geschichte erzählen. Eine Geschichte über einen Mann, der in seinem Leben bis zu diesem Zeitpunkt eigentlich nichts falsch gemacht hatte und der trotzdem an einen Punkt kam, an dem er sich fragen musste, ob die Art, wie er gelebt hatte, die richtige war.

Simon, ein gutbürgerlicher fünfundvierzigjähriger Mann, lebte in einem kleinen Vorort von London mit seiner Frau Maggie in einem kleinen Haus mit großem Garten. Er war ein kleiner, unauffälliger Typ, der nicht viele Worte machte. Auch war er nicht gerade das, was man attraktiv nennt. Zu seiner kleinen Statur kamen noch der etwas zu dicke Bauch und die Halbglatze. Das strohige, orangefarbene Haar kam nur noch an den Schläfen zum Vorschein. Seine Haut hatte einen weißen Teint, das Gesicht große Poren und unter den Augen tiefe Falten, die ihn müde aussehen ließen. Simon lebte zurückgezogen, er machte sich nicht viel aus Freundschaften. Zu oft schon war er verletzt worden oder hatte sich in Menschen getäuscht. Von einer alkoholabhängigen Mutter großgezogen, war er mit acht Jahren in einem Heim gelandet und seitdem auf sich alleine gestellt. Seinen Vater lernte Simon nie kennen. All dies sind Fakten, die vielleicht für den späteren Verlauf der Ereignisse von Bedeutung sind.

Zu den einzigen Menschen, zu denen Simon

regelmäßigen Kontakt hatte, zählten seine Frau Maggie, sein Sohn Ben und die Arbeitskollegen in der Versicherungsfirma, in der er arbeitete. Doch außer auf seinen Sohn hätte Simon auf diese Menschen gut verzichten können. Mit seiner Frau war er schon lange verheiratet und sie redeten nur noch das Nötigste miteinander. Seit Ben ausgezogen war, fehlte die Frische im Haus und beide stumpften ab. Maggie war eine sehr dicke Frau, die beinahe drei Zentner auf die Waage brachte. Sie hatte kurzes, dunkles Haar, das unter den Ohren ringsum auf dieselbe Länge geschnitten war. Sie war das glatte Gegenteil von Simon, schnell aufbrausend, rechthaberisch und uneinsichtig, was ihre eigenen Fehler betraf.

Ben lebte nun mit seiner Freundin zusammen in der Stadt. Er hatte schon immer vom Land weggewollt, und für sein Studium in der Stadt war die Wohnung optimal. Simon und Ben hatten ein inniges Verhältnis und konnten über alles miteinander reden. Obwohl Ben noch nicht lange weg war, vermisste Simon ihn sehr. Sein einziges Hobby war sein Garten, auf den er sehr stolz war. Dieser Garten war allerdings ungleich mehr als ein Hobby, er war seine große Leidenschaft. Sein einziger Rückzugsort, an dem er frei war und tun und lassen konnte, was er für richtig hielt. Ein schmaler Steinweg in der Mitte führte durch die prachtvolle Flora bis zu einem kleinen

Geräteschuppen. Hätte Simon unter der Woche nicht immer so lange arbeiten müssen, wäre er sicher auch danach noch in seinem Garten beschäftigt gewesen. So aber beschränkte sich die Zeit auf den Sonntag, seinen Lieblingstag. Wo andere ausschliefen und erst mittags anfingen, den freien Tag zu genießen, stand Simon um sieben Uhr morgens auf und arbeitete in seinem kleinen Paradies. Schon wenn er am Morgen mit der aufgehenden Sonne inmitten von Rosen, Tulpen und anderen blühenden Pflanzen stand, überkam ihn ein Gefühl der absoluten Zufriedenheit. Er stellte sich in die Mitte des Gartens, schloss die Augen und atmete tief ein. In diesem Augenblick vergaß er alles Negative um sich herum und konnte Kraft für die neue Woche schöpfen.

Denn Simon hatte es nicht immer einfach mit seiner zurückhaltenden Art, die ihn zu einem Opfer von Hänseleien und Mobbing machte, vor allem auf seiner Arbeitsstelle, wo auch sehr viele junge Leute arbeiteten. Viele nutzten es aus, dass Simon sich nicht wehrte. Seit dreiundzwanzig Jahren arbeitete er jetzt bereits in der Versicherungsagentur und hatte schon vieles erduldet. Von Generation zu Generation wurden die neuen Mitarbeiter dreister und respektloser. Doch Simon überkam nie Groll gegenüber seinen Peinigern, es war eher Verachtung, was er spürte. Auch die Arbeit an sich machte ihm nicht besonders viel Spaß, dazu war sie zu eintönig. Trotz seiner langen Beschäftigungszeit in der Firma wurde ihm bei Aufstiegsmöglichkeiten nie Beachtung geschenkt. Aber Simon hatte keine andere Wahl, er hatte nichts anderes gelernt, und die Jobangebote waren dünn gesät. Maggie konnte nicht arbeiten, da ihre Gelenke durch ihr immenses Übergewicht stark angegriffen waren. Selbst wenn Maggie wirklich hätte arbeiten wollen – sah man ihr zu, wie sie sich mühsam von der Wohnzimmercouch erhob und die Treppe ins Schlafzimmer hochquälte, bezweifelte man, dass sie jemals einer Arbeit nachgehen konnte. So musste Simon sich wie jeder andere auf sich allein gestellte Mensch durchs Leben kämpfen.

Doch war er nicht wie jeder andere …

Kapitel 1

Der Anfang

Der Himmel war bewölkt und es war ungemütlich kalt, ein Montagmorgen im Herbst. Simon war auf dem Weg zur Arbeit. Man merkte, dass der Sommer vorbei war, trostlos und dunkel begannen nun die Tage. Simon sah müde aus, er hatte nicht viel geschlafen. Mit zerzaustem Haar und glasigen, blutunterlaufenen Augen blickte er in den Trichter des Scheinwerferlichtes seines Autos. Das Wochenende konnte doch unmöglich schon wieder vorbei sein, dachte er. Simon musste grinsen, als sein Blick auf seine Hände abschweifte, welche noch schmutzig von der Erde waren, die er gestern in seinem Garten umgegraben hatte. Der Montag war der schlimmste Tag der Woche, der längste Zeitraum bis zum nächsten Sonntag, an dem er wieder im Garten arbeiten konnte. Angekommen auf dem großen Firmenparkplatz seiner Versicherungsfirma fuhr er wie jeden Morgen seinen Wagen in eine freie Lücke. Simon drehte den Schlüssel um und blickte den hässlichen Betonklotz an, in dem sein Büro lag.

Oh Mann!, dachte er und atmete resignierend aus. Er nahm seine Aktentasche vom Beifahrersitz und stieg aus. Es regnete in Strömen und alle anderen Angestellten sprinteten hastig über den Parkplatz in das Gebäude. Nur Simon trottete langsam in Richtung Eingang, denn jede Sekunde, die er nicht in dem Gebäude verbrachte, war eine gute Sekunde. In der dritten Etage lag seine Abteilung für Haus- und Grundversicherung. Er nahm immer die Treppe, denn an den Fahrstühlen standen die Leute morgens schon immer Schlange. Simon wollte seine Ruhe am Morgen und sich nicht anhören müssen, wer wen gedatet hatte oder wie betrunken einige am Wochenende waren. Oben angekommen hängte er seinen durchnässten Mantel an einen Kleiderhaken vor dem Büro. Er richtete sich noch kurz und steckte sein blaues Hemd ordentlich in die Hose. Durch die Glasscheibe zum Büro blickte er unauffällig hinein, um zu sehen, wer schon alles da war.

Es war ein großer Raum mit vielen Schreibtischen und einer kleinen Gasse, die zum Büro der Chefin führte. Ein gewöhnungsbedürftiger dunkelgrüner Teppich bedeckte den Boden. Viele liefen umher, um sich noch einen Kaffee zu holen, oder packten ihre Akten auf den Tisch. Es herrschte eine hektische Atmosphäre. Simons

Tisch war der letzte auf der rechten Seite. Lange Neonröhren an der Decke erzeugten ein grelles weißes Licht. Es sei modern und solle das Tageslicht imitieren, hieß es, als die Röhren eingebaut wurden. Simon konnte dieses Licht nicht leiden und verstand nicht, was es mit der Sonne zu tun haben sollte. Am Anfang des Büros hatte sich um einen Schreibtisch ein Grüppchen junger Leute versammelt, die sich lautstark unterhielten. Mit gesenktem Kopf ging er an seinen Platz. Einen sporadisch eingerichteten Arbeitsplatz mit nichts außer ein paar Stiften, dem Monitor und einem alten Bild von ihm mit seinem Sohn im Arm. Er packte seine Aktentasche aus und öffnete die Schublade seines Tisches, um einen Ordner herauszuholen. Als er diesen anhob, blitzte ihn etwas darunter an, was da nicht hingehörte, und reflexartig zog er den Arm heraus. In diesem Moment schallte lautes Lachen durch den Raum, von der Gruppe ausgehend, die am Anfang des Raumes stand. Jetzt erkannte Simon, was es war. Er nahm einen Stift vom Tisch und fischte es mit der Spitze aus der Schublade. Es war ein Kondom, mit einer weißen Flüssigkeit gefüllt. Wahrscheinlich Milch, dachte Simon und warf es samt dem Stift in seinen Papierkorb.

»Und? Was hast du so am Wochenende getrieben?«, rief eine Stimme aus der lachenden Gruppe quer durchs Büro. Simon antwortete nicht. Er wusste schon, wer dafür verantwortlich war: Michael Petersen, ein junger, allseits beliebter Kollege, der seit zirka zwei Jahren in der Firma arbeitete. Ihm gehörte der Schreibtisch, um den sich die Leute versammelt hatten, und es war auch nicht das erste Mal, dass er Simon mit solchen Sachen schikanierte. Doch Simon empfand keine Abneigung oder sogar Hass gegen Michael, er sah in ihm einen testosterongesteuerten jungen Mann, der sich in der Gruppe beweisen musste.

Plötzlich ging die Tür neben Simon auf und die Abteilungsleiterin betrat den Raum. Alle Angestellten, die noch nicht auf ihrem Platz saßen, zerstreuten sich eilig durch den Raum. Die Chefin war als sehr streng und uneinsichtig bekannt. Frau Fritz war etwa fünfundfünfzig Jahre alt und immer gut gekleidet, das blonde Haar hatte sie zu einer Hochsteckfrisur gebündelt. Ihr Gesicht war grob geschnitten und sein harter Ausdruck hatte etwas Maskulines. Einige Leute behaupteten, dass sie sich zu sehr schminkte und durch ihren dicken roten Lippenstift aussah wie ein Clown. Deshalb hatte sie unter ein paar Angestellten auch den Spitznamen Evil Clown.

In ihrem weiten Hosenanzug stand sie nun in der Gasse aus Schreibtischen, und erst als es komplett ruhig war, fing sie mit energischer Stimme an:

»Ich habe eine gute und eine schlechte Nachricht für Sie. Zuerst die gute. Wir haben uns gegen viele andere Konkurrenten durchgesetzt und einen lukrativen Auftrag an Land gezogen.« Sie hielt kurz inne und fuhr dann fort: »Die schlechte Nachricht für Sie ist, dass wir die nächsten Wochen und Monate ein höheres Arbeitsaufkommen haben werden, das heißt, die Arbeit, die Sie jetzt machen, wird nicht weniger, sondern es kommt für jeden noch ein kleines Päckchen obendrauf.«

Ein Raunen ging durch das Büro. Mit noch lauterer Stimme fuhr die Chefin fort: »Ich rufe Sie nacheinander in mein Büro und gebe Ihnen Ihre Auftragsnummer, dort sehen Sie dann, was bis zu welchem Tag erledigt sein muss!«

Damit ging sie zu ihrem Büro zurück und hatte schon die Hand auf der Klinke, als ihr Blick auf Simons Papierkorb fiel. Verdutzt schaute sie auf das Kondom, das deutlich sichtbar auf einem Haufen zerknäuelten Papiers lag.

»Kommen Sie mit!«, sagte sie mit grimmigem Blick und ging voraus.

Simon stand auf und folgte ihr. In dem großen, modern eingerichteten Büro schloss er die Tür hinter sich und versuchte gleich mit schüchterner Stimme zu erklären:

»Frau Fritz, es tut mir leid, es handelt sich hier um ein Missverständnis, ich …«

»Es ist mir egal, was Sie privat machen!«, unterbrach sie ihn. »Doch wenn es um die Arbeit geht, dann wünsche ich keinerlei solcher Kindereien mehr in meinem Büro. Haben Sie das verstanden?« Mit strengem Blick fixierte sie ihn.

»Ja«, antwortete er.

Sie strich noch mal über ihren Hosenanzug, bevor sie sich in den Sessel setzte.

»Wenn Sie schon mal hier sind, gebe ich Ihnen Ihre neue Auftragsnummer.« Unter einem großen Papierstapel suchte sie nach Simons Namen und streckte ihm einen Ordner entgegen. An einem der Finger ihrer zierlichen Hand trug sie einen großen, goldenen Ring in der Form eines Löwenkopfes. Als Simon zugreifen wollte, zog sie den Ordner ein kleines Stück zurück.

»Sie sind eines unserer Sorgenkinder. Ich hoffe, Sie schaffen das mit der zusätzlichen Arbeit. Wir haben in diesem Fall keinen großen Spielraum!«

Simon nickte. Daraufhin hob sie den Ordner so, dass Simon ihn nehmen konnte. Zögerlich griff er zu und ging zu seinem Platz zurück.

Einer nach dem anderen wurde in das Büro der Chefin gerufen und bekam seine Nummer. Nach und nach wurde es lauter in dem großen Büro, Empörung machte sich breit. Denn anders, als es die Chefin prognostiziert hatte, empfanden es die meisten als erhebliche Belastung und nicht nur als »kleines Päckchen obendrauf«. Auch Simon machte sich Gedanken, wie er das schaffen sollte.

Denn die Chefin hatte nicht gerade unrecht. Er sah sich zwar nicht als Sorgenkind, jedoch waren die Anforderungen in den letzten Jahren immer höher geworden und besonders mit neuen Programmen hatte er im Gegensatz zu den anderen öfter mal so seine Schwierigkeiten.

Plötzlich stand eine etwas ältere, kleine, leicht pummelige Frau mit hübschem Gesicht und moderner Kurzhaarfrisur neben seinem Schreibtisch.

»Was hältst du davon, Simon? Ich finde es ziemlich viel Arbeit, das ist doch eine Sauerei!«, sagte sie. Es war Diana, seine Schreibtisch-Nachbarin. Sie war eine der wenigen Personen, mit denen Simon mehr redete als nur ein »Morgen« zur Begrüßung. Er mochte sie, auch wenn sie für seinen Geschmack zu viel plauderte. Sie hatte ihm schon oft weitergeholfen, wenn er mit der Technik überfordert war.

»Hm, ja, kann schon sein«, antwortete er, den Blick auf den Bildschirm gerichtet.

»Was hat Michael wieder angestellt?«, fragte sie neugierig.

Simon deutete nur auf seinen Papierkorb. Als Diana hineinblickte und das Kondom sah, färbten sich ihre Wangen rosa.

»So ein Arsch, er soll dich in Ruhe lassen. Du solltest mal mit Frau Fritz darüber reden!«

»Ist nicht schlimm«, behauptete Simon, »es

war sicher nicht so gemeint und das würde doch nur Ärger geben.«

Da fiel ihm auf, dass er lieber den Papierkorb leeren sollte, bevor die Chefin noch mal vorbeikäme. Simon stand auf und lief durch die Gasse zum großen Glaseingang, dort, wo ein großer Auffangkarton für Müll stand. Nach dem Entleeren, auf dem Rückweg zu seinem Platz, flüsterte es: »Simon.«

Er blickte zu Michaels Schreibtisch hinüber, woher die Stimme kam. Michael fuhr sich mit der Zunge sinnlich über die Oberlippe und warf Simon einen Handkuss zu, was ein lautes Gelächter an den Nachbartischen auslöste. Ohne irgendeine Reaktion darauf ging Simon zu seinem Platz zurück.

Die schönste Zeit für ihn während der Arbeit war die Mittagspause. Wenn alle an der langen Schlange in der überfüllten Kantine anstanden und auf ihr Essen warteten, blieb er im Büro, genoss die Ruhe und aß seine Brote, die er von zu Hause mitgebracht hatte. Manchmal aß Diana auch im Büro und plauderte mit ihm. Doch es war ihm lieber, wenn um ihn herum alle essen gingen und er ungestört war. Nach dem Essen versammelten sich die meisten seiner Bürokollegen im Aufenthaltsraum zum Kaffeetrinken. Durch eine Glasscheibe konnte man vom Büro aus in den Raum hineinsehen, und oft hatte Simon beobachtet, wie die Leute Späße machten und sich ausgelassen unterhielten. Er war nicht neidisch, er wollte gar nicht dazugehören, seine Ruhe war ihm wichtiger. So konnte er ausspannen und neue Energie sammeln, das Reden und Interesse vorheucheln hätte ihn nur Kraft gekostet.

Ein langer Tag ging zu Ende und Simon kam erst nach Einbruch der Dunkelheit aus seinem Büro und machte sich auf den Heimweg. Wieder so ein Tag, an dem er nicht einen einzigen Sonnenstrahl abbekommen hatte, er konnte die dunkle Jahreszeit nicht leiden. Die Fahrt nach Hause durch die verkehrsverstopften Straßen Londons war ein Geduldsspiel. Oft brauchte er über eine halbe Stunde nach Hause, morgens, wenn alle unterwegs in die Stadt waren, auch fast eine ganze.

Endlich parkte er das Auto vor seinem Haus und stieg aus. Eigentlich ein schönes, gemütliches Haus in ruhiger Lage, doch die Jahre hatten auch ihre Spuren hinterlassen und die Außenfassade sah schon reichlich mitgenommen aus. Simon ging hinein. Rechts befand sich ein kleiner Vorraum mit Regalen, in dem Simon sich die Schuhe auszog. Aus dem Augenwinkel sah er seine Frau Maggie, die im Nachthemd auf der Couch saß und konzentriert dem Geschehen im Fernseher folgte. Er hängte seinen Mantel an die Garderobe und richtete kurz seine Haare im Spiegel. Ohne Reaktion saß die dicke Frau auf der blumengemusterten Couch gegenüber dem Fernseher und aß ihre Chips. Das eher schmale Wohnzimmer hatte am anderen Ende eine Tür, die direkt zum Garten führte.

»Hey«, begrüßte Simon Maggie. Sie drehte kurz den Kopf, sagte: »Das Essen ist in der Küche« und widmete sich wieder dem Fernseher.

Simon wandte sich ab und ging auf dem alten, braunen Teppichboden, der das ganze Haus durchzog, den Flur entlang. Vom Ende des Ganges blickte man auf eine schon in die Jahre gekommene Küchenzeile. In der Mitte befand sich ein alter, weißer Esstisch. Der hellbraune Vinylboden biss sich mit den grün-grauen Küchenschränken. Rechts befand sich noch eine kleine Abstellkammer, in der eine Kühltruhe stand. Ein Karton, auf dem ein Essen abgebildet war, lag auf der Arbeitsfläche. Simon stellte das Fertigessen in die Mikrowelle und holte einen Teller aus einem der Hängeschränke. Er öffnete das Besteckfach und blickte in ein fast leeres Schubfach. Im Geschirrspüler fand er das dreckige Besteck. Simon putzte sich eine Gabel, legte sie neben seinen Teller auf den Tisch und schaltete den Geschirrspüler ein. Er saß am Tisch und wartete auf das Klingeln der Mikrowelle, mit leerem Blick starrte er an die Wand. Irgendetwas stimmte nicht ganz, ein innerer Druck belastete ihn. Er war müde, fühlte sich ausgelaugt und sein Rücken tat ihm weh. Maggie hingegen war den ganzen Tag zu Hause gewesen und hatte es trotzdem nicht fertiggebracht, ein Essen zu kochen oder den Geschirrspüler laufen zu lassen, nein, sie saß auf der Couch und aß Chips. Doch Simon machte sich über solche Sachen keine großen Gedanken, eher dachte er darüber nach, was in seinem Garten noch zu tun war oder ihm fehlte, um ihn noch schöner zu machen. Als die Mikrowelle sich meldete, machte er sich an sein Festmahl. Gleichzeitig verstummte der Fernseher.

»Ich geh ins Bett«, hallte es aus dem Wohnzimmer. In dem Flur zur Küche befand sich noch eine Treppe, die in die erste Etage führte. Dort quälte sich Maggie nun hoch, um ins Schlafzimmer zu kommen. Hätte man Maggie nie gesehen und nur die Geräusche der Treppe und das Schnaufen der Frau wahrgenommen, wäre einem klar gewesen, dass sie nicht die Agilste war. Die Dielen knarrten unter ihrem Gewicht, als sie oben ankam und über Simons Kopf hinweg ins Bad ging. Simon saß noch eine Weile in der Küche und dachte über die Arbeit nach und wie er die zusätzliche Belastung stemmen sollte. Dann verräumte er sein Geschirr und machte sich ebenfalls auf den Weg nach oben.

Auf dem Weg zum Bad blickte Simon in das

offene Schlafzimmer und sah Maggie im Bett liegen. Sie schlief schon. Simon wünschte sich, dass sie sich wieder näherkommen und wieder mehr Zeit miteinander verbringen würden. Denn seit dem Auszug von Ben entfernten sie sich immer weiter voneinander. Doch Simon liebte sie immer noch. Nur war es zur Zeit nicht einfach für sie und in Zukunft sollte Simon noch weniger Zeit zu Hause verbringen. Maggie müsste sich erst daran gewöhnen, dass sie jetzt wieder nur zu zweit waren, aber Simon war zuversichtlich, dass sie sich wiederfinden würden. Er wendete seinen Blick ab und ging ins Bad. Lange stand er unter der Dusche, ging dann ins Schlafzimmer und legte sich neben Maggie auf den engen, noch freien Streifen ins Bett. Maggie schnarchte schon, was jedoch nicht der Grund war, dass Simon nicht einschlafen konnte. Daran war er schon gewöhnt. Sein Kopf war einfach nicht frei, etwas bedrückte ihn. Die halbe Nacht beobachtete Simon die Schatten der vorbeifahrenden Autos an der Decke, bis ihm die Augen zufielen.

Am nächsten Tag klingelte der Wecker viel zu früh. Auf dem Weg zum Bad grauste es Simon schon vor dem Blick in den Spiegel. Maggie hingegen drehte sich nur kurz einmal um und schlief dann weiter. Er sollte recht behalten, glasige Augen und dicke Augenringe waren das Resultat der kurzen Nacht. Alleine saß er in der Küche und machte sich ein schnelles Toastbrot zum Frühstück. Er war unmotiviert und ihm fehlte die Antriebskraft. Doch ihm blieb nichts anderes übrig, wer sollte die Rechnungen bezahlen? Maggie konnte nicht. Das war ja nichts Neues, so war es schon jahrelang, doch seit kurzem kam noch eine innere Unruhe dazu. Wahrscheinlich von der zusätzlichen Belastung auf der Arbeit, dachte Simon. So verging die Woche und auch wenn die Tage lang wurden, geriet er trotzdem immer weiter in Verzug. Zwölf-Stunden-Tage waren keine Seltenheit. Die Abende nach der Arbeit zu Hause liefen fast immer gleich ab. Simon aß noch etwas, guckte vielleicht noch Fernsehen, meistens ohne Maggie, und ging dann ins Bett. Auch wenn Maggie mal nicht gleich schlafen ging, wenn Simon nach Hause kam, hatten sie kaum noch was zu bereden.

Am Freitagmorgen ging Simon wieder wie gewohnt zur Arbeit, doch etwas war anders. Er fühlte sich nicht gut, also noch schlechter als sonst. Es fühlte sich nicht an wie eine Grippe oder so was, sondern so, als wenn etwas von innen auf seine Organe drückte und ihm die Luft nahm. Angeschlagen fuhr er zur Arbeit. Im Büro gingen auch gleich die Neckereien von Michael und seiner Gruppe wieder los.

»Na, Sonnenschein, gut geschlafen?«, rief jemand zur allgemeinen Erheiterung, als Simon an ihnen vorbei zu seinem Platz schlich. Simon setzte sich hin, atmete tief durch und wischte sich mit den Händen durchs Gesicht. Er schwitzte und sein Blick verschwamm von Zeit zu Zeit, bis er sich wiederfand. Doch viel Arbeit wartete auf ihn, und einen Tag zu Hause zu bleiben war unmöglich. Es würde schon irgendwie gehen, man war ja nicht aus Zucker.

»Hallo Simon, du siehst aber gar nicht gut aus heute«, flüsterte es vom Nachbartisch.

»Es geht schon, Diana, danke. Ich hab nur was Falsches gegessen, glaube ich«, antwortete Simon und wendete sich wieder seinem Computer zu.

»Okay, ich habe noch ein paar Aspirin in der Schublade, sag Bescheid, wenn du was brauchst.«

Simon nickte nur und setzte seine Brille auf. Dann öffnete sich die Tür der Chefin und Frau Fritz trat ein, um ihre morgendliche Ansprache zu halten. Sofort wurde es leise.

»Seit fast einer Woche läuft jetzt unser neues Projekt und ich muss sagen, dass mich die Ergebnisse nicht befriedigen«, sagte sie mit ernster Stimme. »Ein paar von Ihnen scheinen Schwierigkeiten zu haben, das verlangte Pensum zu erfüllen, und wenn Sie jetzt schon hinterherhinken, muss das am Wochenende nachgeholt werden!« Die Hände hinter dem Rücken verschränkt ging Frau Fritz wieder zurück in ihr Büro.

Keine guten Nachrichten für Simon, doch er

hatte im Moment andere Sorgen. Sein Körper fühlte sich schwach an, ihm fiel es schwer, sich zu konzentrieren. Trotzdem kümmerte er sich um die Bilanzen und arbeitete weiter, wenn auch nicht so schnell wie sonst. Auf seiner Stirn hatten sich schon Schweißperlen gebildet und auch auf seinem weißen Hemd konnte man sehen, dass er stark schwitzte. In der Mittagspause aß er nichts und verbrachte die Pause eingeschlossen auf der Toilette, da ihm übel war. Später, zurück im Büro, taumelte er direkt zu Diana an den Tisch.

»Gilt das Angebot mit der Aspirin noch?« Ihm kam gerade noch ein gezwungenes Lächeln über die Lippen.

»Oh je«, sagte Diana mit einem erschrockenen Blick in sein Gesicht.« Etwas hektisch kramte sie in ihrer Schublade herum. »Geh doch nach Hause, wenn es dir nicht gut geht. Das bringt doch nichts!« Sie reichte Simon das Tablettenröhrchen. Simon öffnete es und nahm sich eine.

»Danke, ich hoffe mal, dass es jetzt besser wird«, sagte er und setzte sich wieder.

Doch es wurde nicht besser, sondern nur schlechter, nun hatte er immer öfter Probleme, seinen Blick zu bündeln. Simon musste ständig die Brille absetzen, und sich die Augen reiben, doch das brachte nur mäßigen Erfolg, nach kurzer Zeit verschwamm das Bild wieder. Diana stand auf, ging zu ihm rüber, legte den Arm um seine Schulter und sagte bestimmend: »Du gehst jetzt nach Hause, Simon!«

Simon guckte sie hilflos aus seinen gereizten Augen an.

»Es geht nicht, ich muss das noch fertig machen!«

Sie beugte sich zu ihm hinunter und flüsterte: »Ich habe bei mir schon vorgearbeitet, du musst mir nur deine Bilanzierungsnummer geben und ich mach dir das fertig für heute. Dein Passwort hab ich ja.«

Sie lächelte ihn an. Schon oft hatte sie Simon bei Computerangelegenheiten geholfen und kannte das Passwort wohl besser als er selbst. Aus ihrem rundlichen, hübschen Gesicht schauten ihn die Rehaugen fragend an.

Simon nahm eigentlich nur ungern Hilfe an, aber er konnte kaum noch was auf seinem Bildschirm erkennen.

»Du bist ein Schatz, danke«, antwortete er erleichtert. Er gab Diana den Zettel mit den Bilanzierungsnummern, packte seine Tasche und klopfte an die Tür der Chefin.

»Ja!«, schrie es von innen.

Die Chefin saß konzentriert vor ihrem Computer. Simon stand etwas verloren in dem weiträumigen Eingangsbereich.

»Frau Fritz, es tut mir leid, mir geht es nicht

gut. Ich wollte fragen, ob ich heute nicht früher gehen kann.«

Die Chefin hob ihren Blick vom Bildschirm und schaute Simon an. Man konnte sofort erkennen, dass es ihm nicht gut ging und es nicht gespielt war. Mit durchgeschwitztem, zerknittertem Hemd, die Aktentasche unter dem Arm und einem trüben, bleichen Gesichtsausdruck sah sie ihn im Raum stehen.

Etwas überrascht sagte sie: »Ja, gehen Sie nach Hause, Sie sehen schrecklich aus. Doch Sie können sich hoffentlich an unser letztes Gespräch erinnern?«

Simon nickte. »Ich denke, morgen bin ich wieder fit.«

Die Chefin presste die Lippen zusammen und wendete ihre Aufmerksamkeit wieder dem Bildschirm zu. Simon verließ das Büro der Chefin und schaute auf dem Weg Richtung Ausgang zu Diana herüber. Sie lächelte und winkte Simon zu. Unauffällig winkte er zurück und nahm seinen Mantel. Ein Geflüster und Gelächter aus dem Block um Michael, wo sie sich sicher wieder das Maul zerrissen, begleitete ihn hinaus. Aber ihm war das egal und er lief weiter zum Fahrstuhl, die Treppen waren ihm heute zu anstrengend. Wenn er das Auto erreichen würde, wäre das Schlimmste überstanden.

Doch als er im Erdgeschoss angekommen war,

erwischte ihn der nächste Schub von Übelkeit. Schlagartig verließ ihn die Kraft in den Beinen und ohne ein rasches Abstützen an einer Säule wäre ihm wohl der Sturz zu Boden nicht erspart geblieben. Sein Auto stand in der dritten Reihe auf dem Parkplatz, also nicht weit weg. Doch Simon musste sich konzentrieren, um nicht ins Schwanken zu kommen. Plötzlich, fast am Ziel angekommen, durchfuhr ihn ein stechender Schmerz in der Magengegend. Er musste sich auf der Motorhaube eines fremden Autos abstützen, um nicht einzusacken. Solche Schmerzen hatten ihn noch nie überkommen. Sie ließen ihn zusammenkauern und plötzlich verkrampfte sich sein Körper und fing an zu zittern. Ihm fehlte die Luft zum Atmen. Simon bekam Panik, konnte sich jedoch nicht bewegen. Sein Körper schwitzte noch mehr als zuvor und in seinem Inneren baute sich ein solcher Druck auf, dass er dachte, es würde ihn von innen zerreißen. Dann lief es aus ihm heraus und er musste sich übergeben. Simon verließ die Kraft und er sackte langsam zu Boden.

Nach kurzer Zeit ging es ihm schon etwas besser. Er lehnte in der Hocke an dem fremden Auto und wischte sich mit den Händen durchs Gesicht. Tief atmete er ein und holte ein Taschentuch aus seiner linken Manteltasche. Er wischte sich den Mund ab und stand langsam wieder auf.

Da bemerkte er das Erbrochene auf dem Boden und erschrocken hielt er inne. Es war eine schwarze Brühe, die aus ihm rausgekommen war und nun wie ein Ölfleck unter das Auto lief. Nun begann Simon sich doch etwas Sorgen zu machen. Schwarzes Erbrochenes konnte nicht gut sein. Er blickte sich um und hielt Ausschau nach Menschen, die ihn hätten beobachten können. Doch es war niemand zu sehen, und als er endlich in seinem Wagen saß, machte er sich auf den Weg zum Arzt.

Es war ein regnerischer Tag und der Weg zum Arzt wurde durch den dichten Verkehr Londons wieder zu einer zähen Angelegenheit. Simon ging es jedoch immer besser, sodass ihn nahezu keine Beschwerden mehr plagten, als er den Arzt erreicht hatte. Als hätte ihn alles Übel mit seinem Erbrechen verlassen. Doch dass das Erbrochene schwarz war, machte ihm immer noch Sorgen. Er meldete sich in der kleinen Praxis an und setzte sich ins Wartezimmer, welches bereits rege besucht war. Simon mochte Ärzte nicht und ging nur hin, wenn es unbedingt nötig war. Das grelle Licht, der sterile Geruch und die ganzen kranken Menschen, die sich in ein Wartezimmer quetschten, waren nicht sein Fall. Ungefähr eine Stunde musste Simon warten, bis sie ihn aufriefen. Simon schilderte dem Arzt, was geschehen war, und der zögerte nicht lange, ihn direkt ins Krankenhaus zu überweisen. Der Arzt erzählte was von Magenblutung, was das schwarze Erbrochene erklären könne, und dass es nicht auf die leichte Schulter zu nehmen sei, nur müsse man das im Krankenhaus abklären lassen. Simon war nicht begeistert davon, vor allem, weil es ihm wieder gut ging. Doch er wollte nichts riskieren und hörte auf den Arzt. Auf dem Weg zu seinem Auto nahm er sein Handy und rief Maggie an.

»Schatz, ich bin's.« Eine kurze Stille auf der anderen Seite.

»Was ist?«, fragte sie.

»Ich muss ins Krankenhaus, ein paar Tests machen, mir ist auf der Arbeit schwindelig geworden.«

Simon wollte ihr nicht alles erzählen, damit sie sich keine Sorgen machte.

»Wann kommst du wieder«, fragte sie erneut.

»Ich weiß nicht, ob sie mich über Nacht dabehalten wollen«, antwortete er.

»Okay, wenn du heute noch kommst, ruf noch mal an!«

»Okay, mach ich, jetzt geht es mir aber eigentlich wieder besser.«

Doch noch bevor er den Satz zu Ende gebracht hatte, hörte er das Abbruchzeichen auf der anderen Seite. Sie hatte wohl schon aufgelegt. Bestimmt dachte sie, ich hätte schon fertig geredet, sagte er sich und nahm es seiner Frau nicht übel.

Also ging es weiter ins Krankenhaus. Dort

wurde er gleich aufgenommen und sofort wurden einige Tests mit ihm durchgeführt. Er musste einige Zeit warten, bis ein Arzt kam, um ihm die Ergebnisse mitzuteilen. Es war eine kurze Prognose, denn sie konnten nichts finden, es war alles in Ordnung. Der Chefarzt wollte Simon deshalb über Nacht im Krankenhaus behalten, um am nächsten Tag eine Magenspiegelung zu machen. Simon wurde in ein kleines Zimmer gebracht, in dem zwei Betten standen. Eines war schon belegt. Ein älterer Herr lag dort, die Decke über den Kopf gezogen, und schlief. Das andere Bett war frisch bezogen und jetzt sein Quartier.

»Machen Sie es sich gemütlich, und wenn Sie Hilfe brauchen, drücken Sie diesen Knopf«, sagte die Krankenschwester, die ihn begleitete, und deutete mit dem Finger auf eine Fernbedienung, die auf einem Tisch neben dem Bett lag.

»Danke«, antwortete Simon. Es war schon spät geworden und er war müde. Er setzte sich aufs Bett und blickte rüber zu dem schlafenden Mann. Was der wohl hatte?, fragte er sich und legte sich hin. Die Decke beobachtend, ließ er den Tag Revue passieren. Mit Sicherheit hätte niemand damit gerechnet, dass er am Abend im Krankenhaus liegen würde, aber es beruhigte ihn schon mal, dass die Ärzte nichts finden konnten. Was ihn aber beunruhigte, war, dass er morgen auch nicht arbeiten konnte und noch weiter in

Verzug kommen würde. Nur Diana war es zu verdanken, dass ihm noch nicht das Wasser bis zum Hals stand. Er mochte sie sehr, nur war ihm unklar, warum sie ihn auch mochte, denn er war kein offener, geselliger Mensch, sondern eher distanziert, und man brauchte viel Zeit, um ihn kennenzulernen. Zeit, die die meisten Menschen nicht aufbringen wollten.

Plötzlich regte sich was neben ihm im Nachbarbett, es schien, als wenn sein Mitbewohner aufstehen würde. Der Mann zog sich die Decke vom Kopf, hustete kurz und setzte sich aufrecht an die Bettkante. Er war ein circa sechzigjähriger Mann, der ziemlich mitgenommen aussah. Mit zerzaustem Haar und nur mit einem Krankenhausleibchen bekleidet, starrte er mit verdutztem Blick auf Simon. Der setzte sich auch aufrecht an die Bettkante ihm gegenüber und sagte: »Hallo, mein Name ist Simon!«

Der Mann antwortete genervt: »Ich bin John.« Er stand auf, richtete sich kurz die Haare und schlurfte zur Toilette. Dabei wurde seine Rückseite sichtbar, die einen nicht mehr ganz elastischen Hintern zum Vorschein brachte. Simon musste schmunzeln und legte sich wieder hin. Er wollte gerade an seinen letzten Gedanken anknüpfen, als ihn ein lauter Knall wieder zurück in die Realität holte. Es schien aus dem Bad gekommen zu sein. Simon richtete sich wieder auf und horchte.

Vielleicht war John nur etwas heruntergefallen. Doch es kam kein Geräusch mehr aus dem Bad.

»Ähm, John, ist alles in Ordnung bei dir?«, rief er verhalten, in der Hoffnung, dass John gleich rauskäme und alles nur halb so schlimm wäre. Doch keine Antwort. Simon stand auf und ging langsam zum Bad, hoffentlich hatte John sich nichts getan.

»John?«, rief er nun lauter. Er war an der Tür angekommen und konnte nun das Wasser des Waschbeckens hören, das unbenutzt in den Abfluss lief. Ihn überkam ein ungutes Gefühl. Er klopfte nun laut an die Tür: »John, ich komm jetzt rein!« Wieder keine Antwort. Langsam drückte Simon die Tür auf.

John stand regungslos mit gesenktem Kopf vor dem Waschbecken, einen Arm auf der Ablage abgestützt. Sein Gesicht war leicht von Simon abgewandt.

»John, was ist los? Soll ich eine Schwester holen?«

Simon wollte gerade kehrtmachen und den Notfallknopf drücken gehen, den ihm die Krankenschwester gezeigt hatte, da fing John plötzlich an zu lachen.

»Du verstehst es nicht, oder?«

Simon hielt inne und blickte zu John.

»Was meinst du?«, fragte er überrascht.

John stellte sich aufrecht hin und drehte den

Kopf zu ihm. Simon schrak zurück, denn Johns Gesicht war zu einer hässlichen Fratze geworden. Simon machte schockiert ein paar Schritte nach hinten, bis ihn die Wand stoppte. Johns weit aufgerissene Augen waren schwarz geworden und blickten ihn energisch an. Dem Mann lief eine schwarze Galle aus dem Mund, welche bereits von seinem Leibchen auf den Boden tropfte und eine Lache unter ihm bildete, die langsam in Simons Richtung floss.

»Es ist bereits da!«, sagte John mit tiefer Stimme und grinste, während ihm die schwarze Galle weiter aus dem Mund lief.

Unfähig, sich zu rühren, stand Simon da und versuchte zu begreifen, was sich vor seinen Augen abspielte. Doch bevor er auch nur einen klaren Gedanken fassen konnte, stürmte John plötzlich auf ihn los. Simon riss instinktiv die Arme nach oben und versuchte John abzuwehren. Er rechnete mit einem harten Aufprall und schloss die Augen für einen kurzen Moment, doch es gab keinen Widerstand, es war auch plötzlich nicht mehr hell, sondern dunkel geworden. Simon rotierte immer noch mit den Armen, bis ihm klar wurde, dass er auch gar nicht mehr vor der Badezimmertür stand, sondern im Bett lag.

Es war dunkel im Raum und nur das Laternenlicht der Straße gab die Umrisse des Zimmers preis. Simon erinnerte sich, dass auf dem Nachttisch eine kleine Lampe stand. Sofort tastete er nach der Lichtquelle und es wurde hell.

Nervös blickte er sich im Zimmer um. Es war alles so, wie es gewesen war, bevor sein Bettnachbar John aufgestanden war. Er setzte sich aufrecht und blickte zu seinem Nachbarn hinüber. Der lag, noch immer die Decke über den Kopf gezogen, ruhig da und schlief. Jetzt realisierte Simon, dass es wohl ein Albtraum gewesen war. Er atmete durch und wischte sich mit dem Unterarm die schweißnasse Stirn. Das war heftig, so real und so intensiv hatte er noch nie einen Traum empfunden. Er stand auf und ging zum Bad, um sich das Gesicht zu waschen. Vor der Tür hielt er inne. Er öffnete sie einen Spalt, ging jedoch nicht hindurch, sondern stupste die Tür nur auf, damit er aus der Entfernung erst mal alles überblicken konnte.

Es war nichts zu sehen. Er wusch sich das Gesicht und ging wieder zurück ins Zimmer. Er bemerkte die Krankenakte seines Mitbewohners, die am Fußende des Bettes hing. Jetzt wollte es Simon genau wissen: Wie war der Name des Mannes? Er hoffte nur, dass es nicht *John* war. *Erik Winter,* stand in den Akten. Erleichtert legte sich Simon wieder ins Bett.

Doch mit dem Schlafen wurde es nichts. Er war noch viel zu aufgeregt und stand immer noch unter Adrenalineinfluss. Die Gedanken liefen wirr durch seinen Kopf. Doch was war das für ein heftiger Traum gewesen? Wahrscheinlich hatte er sich im Unterbewusstsein mit dem schwarzen Erbrochenen beschäftigt und deshalb die schwarze Brühe, die aus »Johns« Mund lief.

Als Simon dann endlich am frühen Morgen wieder einschlafen konnte, dauerte es nicht lange, bis ihn wieder jemand weckte. Mit lauter Stimme betrat eine Krankenschwester das Zimmer.

»Guten Morgen!« Sie ging zum Fenster und riss die Vorhänge auf. Es war schönes Wetter draußen und die Sonne blendete Simon. Die kurze Nacht forderte ihren Tribut. Simon sah fertig aus. Tiefe Augenringe und mit roten Fäden durchzogene Augen waren die Folgen. Auch im Nachbarbett rekelte es sich, Simon blickte rüber, um zu schauen, ob er das Gesicht kannte.

»Morgen, ich bin Erik«, sagte der Mann und lächelte Simon an. Es war nicht das Gesicht aus seinem Traum. Simon blickte auf seine Decke und nickte. »Simon.«

Die Krankenschwester mischte sich ein und erklärte Simon, dass er nichts frühstücken dürfe, weil er später eine Magenspiegelung vor sich habe. Neidisch musste er zuschauen, wie Erik sein Essen zu sich nahm.

Nach dem Frühstück erwartete ihn dafür eine schöne Überraschung, sein Sohn kam zu Besuch.

Simon strahlte über das ganze Gesicht, als er sah, dass Ben im Zimmer stand.

»Haha, was machst du denn hier?«, fragte Simon, während er aus dem Bett aufstand und mit offenen Armen auf Ben zuging. Sie umarmten sich und Ben antwortete. »Ich hab gestern bei euch angerufen und Mum sagte mir, dass du hier bist.«

»Ist sie auch da?«, fragte Simon.

»Sie hat viel zu tun, meinte sie«, antwortete Ben.

Eine kurze Stille folgte, bevor Ben wieder das Wort ergriff.

»Was ist passiert? Wie geht es dir?«

Simon setzte sich aufs Bett und sagte locker: »Es ist nichts Besonderes, mir ist schwindelig geworden und jetzt machen sie ein paar Routineuntersuchungen.« Er lachte dabei künstlich, um zu signalisieren, dass es ihm gut ging, denn er wollte Ben nicht beunruhigen. Sie unterhielten sich noch eine Weile, bis eine Krankenschwester Simon Bescheid gab, dass es nun Zeit sei für die Magenspiegelung. Simon war enttäuscht, dass Ben schon wieder gehen musste, doch seit langem hatte er wieder Freude empfunden und es half ihm ein wenig über den Stress hinweg, den er zur Zeit durchmachte.

Obwohl eine Magenspiegelung eine unangenehme Prozedur ist, war es für Simon nur halb so schlimm, denn er fühlte sich gut und der Besuch seines Sohnes stellte ihn wieder auf und gab ihm Kraft. Nach der Untersuchung verweilte er eine Zeit lang auf seinem Zimmer, bis ihn ein Arzt aufsuchte, um ihm die Ergebnisse der Magenspiegelung zu erläutern. Der Arzt hatte gute Nachrichten, es war nichts Ungewöhnliches zu entdecken. Es war alles seinem Alter entsprechend normal.

»Vielleicht haben Sie etwas Schlechtes gegessen oder es ist eine durch Stress verursachte Übelkeit gewesen«, ergänzte der Arzt. Simon war froh über die Nachrichten. Er hatte schon mit dem Schlimmsten gerechnet. Zurzeit hatte er immer öfter solche Schwächeanfälle, nur diesmal war es extrem ausgefallen.

Simon packte seine Sachen und machte sich auf den Weg nach Hause. Mittlerweile war es Abend geworden, als er sich durch die Straßen Londons bewegte. Er war froh, als er zu Hause ankam und sein Auto vor dem Haus parkte.

Als er ausstieg, ging die Haustür auf. Doch zu Simons Überraschung kam nicht Maggie, sondern sein Nachbar Steve aus dem Haus.

»Hey, Simon, schön, dass du wieder da bist! Ich hoff', es war nichts Ernstes?«

Etwas überrumpelt antwortete Simon: »Ähm, ja, es ist wohl nichts Besonderes, sie konnten nichts finden.«

»Gut zu hören«, erwiderte Steve und klopfte

Simon auf die Schulter. Der dünne Mann ging eilig weiter über die kleine Rasenfläche zum Nachbarhaus. Sie kannten sich nicht besonders gut, obwohl sie schon lange Nachbarn waren. Was hatte der in seinem Haus verloren? Da hätten die meisten Männer wohl skeptisch reagiert. Doch Simon ließ solche Gedanken nicht zu und machte sich keine großartigen Sorgen darüber. Er ging ins Haus, wo Maggie auf der Couch saß und in den Fernseher schaute.

»Hallo«, sagte er.

Maggie blickte kurz auf. »Du solltest doch anrufen, wenn du wiederkommst. Jetzt hab ich halt nichts zu essen gemacht.«

»Ist nicht schlimm, ich mach mir ein paar Brote, ich bin nur froh, wieder zu Hause zu sein«, sagte Simon leise und setzte sich zu ihr auf die Couch. Beide schauten stumm in den Fernseher. Eine Talkshow lief, in der wohl verlassene Frauen über ihre Männer herzogen. So was war Maggies Lieblingsprogramm, mit dem sich Simon jedoch nicht anfreunden konnte. Probleme von Fremden, die sich ins Fernsehen stellten, um andere Fremde an den Pranger zu stellen, interessierten ihn nicht.

»Im Krankenhaus sagten sie, dass bei mir alles in Ordnung wäre, ist wohl einfach das Alter, bin ja nicht mehr der Jüngste«, sagte Simon und lächelte Maggie an.

»Das kannst du laut sagen«, antwortete sie, ohne den Blick vom Fernseher zu wenden. Simon stand auf und ging in die Küche, er hatte jetzt doch Hunger bekommen. Es wurde ein spärliches Abendessen, bestehend aus fünf Toastbroten und ein wenig Aufschnitt. Er setzte sich an den Küchentisch und aß. Ein lautes, dreckiges Lachen aus dem Wohnzimmer klang herüber. Simon dachte über den Tag nach. Er freute sich immer noch, dass Ben ihn besuchen gekommen war. Nach dem Essen spülte er noch sein Geschirr ab und ging wieder rüber zu Maggie. Er setzte sich auf den Platz neben seiner Frau und gab ihr einen Kuss auf die Wange. Als er den Arm um sie legen wollte, wehrte sie ihn ab.

»Ich muss noch duschen«, sagte sie und hievte sich aus der Couch hoch. Simon blickte ihr noch nach und widmete sich dann dem Fernseher. Man konnte das knarrende Holz der Treppe hören, das unter dem Gewicht von Maggie ächzte. Simon guckte noch etwas Fernsehen, bis er hörte, dass Maggie mit dem Duschen fertig war, und ging dann ebenfalls unter die Dusche. Er ließ sich Zeit, es tat gut, wie das warme Wasser über seinen Kopf floss und sich den Weg über seinen Körper bahnte. Als er fertig war, hörte er aus dem Schlafzimmer bereits ein lautes Schnarchen. Er ging ins Bett und stellte sich den Wecker auf sieben Uhr. Denn morgen war Sonntag, der beste Tag der Woche, und da wollte er früh wach sein, um den Tag voll auskosten zu können. Noch lange lag Simon wach und beobachtete die Schatten an der Decke, die von dem hellen Mond erzeugt wurden. Das schwarze Erbrochene machte ihm noch etwas Sorgen, doch vor allem die Frage, was er gegessen hatte, dass es so aussah.

Da wusste er noch nicht, dass es mit dem Essen nichts zu tun hatte.

Kapitel 2

Brutaler Zwiespalt

Es war Sonntag, endlich, dachte Simon, als er am Morgen durch den Alarm des Weckers aufgeweckt wurde. Der einzige Tag der Woche, an dem es ihm nicht schwerfiel aufzustehen. Er richtete sich auf, von der anderen Seite des Bettes war nur ein genervtes Stöhnen zu hören. Er zog sich die Socken an und nahm leise eine Hose aus dem alten Schrank, der gegenüber an der Wand stand. Dann macht er sich auf dem Weg zum Bäcker, wo er sich ein üppiges Frühstück zusammenstellte. Simon genoss die Ruhe, die so ein Sonntagmorgen mit sich brachte, keine Staus, kein Gehupe und auf der Straße kaum Menschen. Nach dem Essen verräumte er sein Geschirr und ließ das Frühstück für Maggie auf dem Tisch stehen. Es war ein schöner Herbsttag, einer der letzten, und Simon freute sich, dass er wieder im Garten arbeiten konnte. Er lief durch das Wohnzimmer und öffnete die Terrassentür. Die Strahlen der aufgehenden Sonne durchdrangen die Wolken und wärmten sein Gesicht. Ein herrlicher Anblick, wie die bunten Blätter des Apfelbaumes in der Sonne leuchteten. Hier fühlte er sich wohl, das war *sein* Revier, hier gab es niemanden, der ihm sagte, was er zu tun hatte, oder ihn kritisierte. Simon ging den kleinen Absatz hinunter, folgte dem Weg aus Steinplatten, der bis in die Mitte des Gartens führte, und hielt kurz inne. Er schloss die Augen und atmete tief ein. Am Ende des Weges gab es einen kleinen Schuppen, dort hatte er allerlei Gartenwerkzeuge gebunkert. Es gab viel zu tun.

Den Rest vom Tag war von Simon nicht viel zu sehen. Nur um auf die Toilette zu gehen, ging er ins Haus. Er war total auf seine Arbeit fixiert, und wenn es nicht irgendwann dunkel geworden wäre, hätte er wohl das Essen und das Schlafen vergessen. Als es schließlich so dunkel war, dass man die Hand vor Augen nicht mehr sehen konnte, beschloss er, es gut sein zu lassen. Simon hatte auch viel geschafft. Es war für ihn ein anstrengender Tag gewesen, trotzdem fühlte er sich besser als zuvor. Zufrieden ging er ins Bad und zog seine schmutzige Kleidung aus. Unter der Dusche floss eine dunkle Brühe in den Abfluss, als er sich unter das strömende Wasser stellte. Für Simon war es ein guter Tag gewesen. Nach dem Duschen machte er sich bettfertig, schließlich fing morgen die Arbeitswoche wieder an.

Auf dem Weg von der Dusche ins Schlafzimmer rief er noch zu Maggie hinunter, die den Tag vor dem Fernseher beendete: »Gute Nacht, Schatz, ich leg mich schon mal hin!« Doch von unten kam nichts zurück, das Einzige, was man hörte, waren die Werbespots aus dem Fernsehgerät.

Simon konnte gut schlafen und wurde erst durch das penetrante Geräusch des Weckers aus dem Schlaf gerissen. Er stand auf und machte sich auf den Weg zur Arbeit. Für seine Verhältnisse fühlte er sich motiviert und fit. Lust hatte er zwar trotzdem nicht auf die Arbeit, aber es war erträglicher geworden. Im Büro angekommen setzte er sich auf seinen Platz und drehte sich zu Diana um.

»Morgen«, sagte er mit einem leichten Lächeln im Gesicht.

Diana lächelte zurück. »Morgen, Simon, geht es dir besser?«

»Ja, ich muss was Falsches gegessen haben, jetzt ist wieder alles okay, danke!«

Das Raunen im Büro wurde schlagartig unterbrochen, als die Tür der Chefin aufging und diese das Büro betrat. In ihren High Heels lief sie die Gasse auf und ab und hielt eine strenge Morgenansprache. Eigentlich alles wie immer, doch auf dem Rückweg in ihr Büro hielt sie vor Simons Tisch inne und blickte ihn energisch an. Simon tat, als ob er Papiere sortierte, und erwiderte ihren Blick nur zaghaft.

»Kommen Sie mal mit in mein Büro!«, sagte die Chefin und ging voraus. Simon hatte kein gutes Gefühl, es war noch nie gut gewesen, wenn Frau Fritz jemanden in ihr Büro zitierte. Er stand auf und richtete noch schnell sein Hemd. Aus dem Augenwinkel heraus konnte er sehen, dass sich der Tisch um Michael darüber amüsierte, dass er zur Chefin musste. Doch das kümmerte ihn jetzt nicht. Er schob die angelehnte Tür zum Büro auf und ging hinein.

»Setzen Sie sich. Ich habe mir heute die Fortschritte angeschaut, die wir bei dem Sonderauftrag machen, und da ist mir bei Ihnen etwas aufgefallen«, sagte die Chefin und beugte sich leicht über den Schreibtisch zu Simon vor.

»Ich weiß, Frau Fritz, ich bin in Verzug und ich werde mich jetzt noch intensiver mit meiner Aufgabe auseinandersetzen, ich fühle mich auch wieder besser«, antwortete Simon hastig.

»Genau darum geht es, Sie waren doch Ende letzter Woche krank gemeldet, wie konnten Sie dann alleine am Samstag sechs Bilanzen fertigstellen?«

Simon bekam ein immer schlechteres Gefühl, und bevor er etwas sagen konnte, ergänzte die Chefin: »Ich habe dann etwas nachrecherchiert und gesehen, dass Sie am Freitagabend beziehungsweise am Samstag angemeldet waren, jedoch nicht an Ihrem Platz, sondern an dem von Diana Miller! Also haben Sie Ihre Daten Diana gegeben und die hat dann für Sie die Bilanzen fertiggestellt, ist das richtig?«

Simon wich noch die letzte Farbe aus dem Gesicht. Das Letzte, was er wollte, war, Diana da mit reinzuziehen.

»Ja, ich habe sie darum gebeten, es wurde mir alles ein wenig zu viel. Sie wollte auch nicht, doch ich habe sie so lange darum gebeten, bis sie mir dann doch half«, antwortete er.

Die Chefin sackte in ihren Sessel zurück.

»Ich werde Sie abmahnen müssen, Simon! Sie können nicht hinter meinem Rücken solche Deals veranlassen! Und in Zukunft sagen Sie mir Bescheid, wenn Sie mit der Arbeit überfordert sind, dann ist das hier vielleicht nicht mehr das Richtige für sie!«

Simon nickte beschämt.

»Sie können jetzt gehen!«, fügte Frau Fritz mit energischer Stimme hinzu, während sie schon wieder auf ihren Bildschirm blickte.

Simon stand auf. Als er das Büro wieder betrat, blickte ihn Diana fragend an. Er lächelte nur kurz und deutete an, dass alles okay sei. Er wollte nicht, dass sich Diana schlecht fühlte. Er war eh schon in ihrer Schuld, jetzt musste er eben ohne

Hilfe auskommen. Er wusste zwar nicht, wie, aber es würde schon irgendwie klappen.

Simon machte sich gleich wieder an die Arbeit. Doch nach einer Weile wurde seine Konzentration gestört, als die Chefin wieder das Büro betrat und diesmal Diana zu sich rief. Simon ahnte nichts Gutes und machte sich Sorgen. Ungeduldig wartete er darauf, dass Diana wieder herauskam. Er hätte einiges darum gegeben, hören zu können, was hinter der Tür geredet wurde.

Nach einer gefühlten Ewigkeit kam Diana wieder heraus. Simon suchte Blickkontakt zu ihr, doch sie ging mit gesenktem Kopf hastig an ihren Platz zurück. Simon hatte ein schlechtes Gewissen und hoffte, dass sie nicht auch Ärger bekommen hatte, weil sie ihm geholfen hatte. Er versuchte sich mit mäßigem Erfolg wieder auf die Arbeit zu konzentrieren. Er wollte Diana später, wenn im Büro nicht mehr so viel los war, fragen, was die Chefin von ihr gewollt hatte.

Doch Diana machte ihm einen Strich durch die Rechnung und ging kurz darauf nach Hause. Ohne ein Wort zu sagen. Nun war Simons Tag endgültig gelaufen. So gut es ging, brachte er den Arbeitstag hinter sich, doch das schlechte Gewissen blieb. Bei jedem anderen im Büro wäre es ihm egal gewesen, aber nicht bei Diana. Sie war der einzige Mensch, der ihn nicht nur oberflächlich beurteilte, sondern ihn so mochte, wie er war, und nun hatte sie seinetwegen Ärger. Das ließ Simon keine Ruhe. Sogar noch am Abend im Bett beschäftigte ihn das. Viele Szenarien gingen ihm durch den Kopf, doch war er keinen Schritt weiter gekommen. Somit fiel die Nacht auch wieder sehr kurz aus.

Am nächsten Morgen kamen dann zu der psychischen Abgeschlagenheit auch noch die physischen Mangelerscheinungen der kurzen Nacht dazu. Trotzdem machte sich Simon etwas früher als sonst auf den Weg, denn er wusste, dass Diana oft früher da war, so könnte er mit ihr reden, bevor das Büro voll war.

Auf dem Parkplatz hielt er schon Ausschau nach ihrem Wagen und hoffte, dass sie nicht krank war. Doch ihr Auto war da. Simon hängte draußen seinen Mantel auf und sah schon durch die Scheibe, dass Diana an ihrem Platz stand. Auf dem Weg zu ihr bemerkte Simon, dass sie dabei war, ihren Platz aufzuräumen.

»Morgen«, sagte er.

Diana guckte ihn an und lächelte. »Morgen, Simon!«

Ihm fiel ein Stein vom Herzen. Er war froh, dass sie nicht böse auf ihn war.

»Was tust du da?«, fragte er neugierig.

Diana beugte sich zu ihm vor und flüsterte: »Die Chefin hat wohl mitbekommen, dass ich dir etwas geholfen habe, und jetzt soll ich mich auf einen anderen Platz setzen.« Sie zuckte mit den Schultern, lächelte verlegen und packte weiter.

Das machte Simon traurig, denn auch wenn er nicht viel mit ihr redete und sie ihn auch manchmal nervte mit ihren Erzählungen, gefiel es ihm, ihrer Stimme zuzuhören. Das fand Simon unfair von der Chefin, beide gleich auseinander zu setzen. Nur was konnte er schon tun? Simon war nicht der Typ, der Entscheidungen von anderen in Frage stellte. Also machte er sich wieder an die Arbeit. Er arbeitete ohne Pause an diesem Tag und schaffte doch nicht einmal das Tagesziel. So wurde es wieder ein langer Tag bis in den Abend hinein, bis er sich schließlich auf den Weg nach Hause machte. Er war der Letzte, der das Büro verließ. Ausgelaugt und kaputt kam er endlich zu Hause an. Es war kein guter Tag gewesen und die nächsten Wochen war keine Besserung in Sicht.

Maggie war schon im Bett und schlief. Simon ging in die Küche und machte sich ein paar Brote. Den Blick auf die Wand gerichtet, aß er und dachte nach. Man sah es ihm an, dass ihm viel durch den Kopf ging. Simon war bleich und seine Augen sahen müde aus. Er freute sich nur noch aufs Bett und hoffte, dass der Rest der Arbeitswoche schnell herumging.

Der nächste Tag wurde jedoch auch nicht besser. Er saß nun wie ein Ausgeschlossener alleine am Ende des Büros, was ihm wie vorauszusehen den Spott von Michael und seiner Gruppe eintrug. Da niemand mehr in seiner unmittelbaren Nähe saß, flogen nun ständig Papierkügelchen und Stifte in seine Richtung. Doch Simon war davon anscheinend ziemlich unbeeindruckt und total auf seine Arbeit fixiert. Unterbewusst gingen die Hänseleien jedoch nicht spurlos an ihm vorbei.

Nach einem normal langen Arbeitstag bekam Simon Kopfschmerzen. Er wäre wohl noch zwei Stunden länger geblieben, um die Tagesbilanzen fertig zu machen, doch mit solchen Kopfschmerzen machte das nicht viel Sinn.

Die Heimfahrt sollte sich als Tortur herausstellen, da zu den Kopfschmerzen noch Sehstörungen einsetzten. Simon dachte an eine Migräne, vom Arbeiten am Bildschirm hervorgerufen. Umso glücklicher war er, mit seinem Auto auf die Auffahrt vor seinem Haus zu fahren. Er stieg aus und sammelte sich kurz, mit zwei Fingern massierte er den Bereich zwischen den Augen.

Plötzlich ging das Licht des Bewegungsmelders an. Die Wohnungstür ging auf und Steve, der Nachbar, kam aus Simons Haus. Er ging direkt über die Auffahrt zum Nachbarhaus. Mit einem kurzen »Hey Simon!« begrüßte er ihn beiläufig. Simon hob die Hand zum Gruß und blickte ihm etwas verwirrt hinterher. Das war jetzt schon das zweite Mal, dass er seinen Nachbarn traf, als der gerade aus seinem Haus kam. Wahrscheinlich hatte er auf Maggies Bitte irgendeine Sache im Haus geregelt, vielleicht eine Glühbirne gewechselt oder eine andere Kleinigkeit repariert. Maggie war durch ihr Übergewicht ja stark eingeschränkt und brauchte bei so was Hilfe.

Simon ging die drei Stufen zur Eingangstür hoch und wollte gerade aufschließen, als ihn ein Hustanfall überkam. Mit einer Hand stützte er sich an der Fassade ab, mit der anderen kramte er in seiner Tasche nach einem Taschentuch und hielt es sich vor dem Mund. Eine Reihe von tiefen, kratzigen Hustern schüttelte seinen Körper, doch nach kurzer Zeit war alles auch schon wieder vorbei. Als Simon das Taschentuch vom Mund nahm, war ein schwarzer Auswurf darin zu sehen. Da war es schon wieder, dieses schwarze Zeug, dachte er. Vielleicht hatte der Arzt ja etwas übersehen?

Maggie saß zu seiner Überraschung nicht auf der Couch und guckte Fernsehen, als er hereinkam, sondern es waren Geräusche aus dem Obergeschoss zu hören. Wahrscheinlich ist sie duschen, dachte Simon. Es war wieder ein anstrengender Tag gewesen und Simon wollte nur noch seine Ruhe. Er machte sich ein paar Brote und setzte sich vor den Fernseher. Er guckte mit leerem Blick in den Flimmerkasten, nahm zwar die Bilder wahr, war jedoch so in seine Gedanken vertieft, dass er von dem, was im Fernsehen lief, nichts mitbekam. Hätte man ihn gefragt, worüber er nachdachte, hätte er diese Frage wohl nicht beantworten können, denn sein Gehirn konnte keinen klaren Gedanken bündeln.

An diesem Abend hörte er nichts mehr von seiner Frau, bis auf ihr Schnarchen, als es ihn ebenfalls ins Bett zog. Simon lag noch lange wach. Ihm ging es wirklich nicht gut, doch körperlich war ja anscheinend alles okay. Es musste an der Belastung im Büro liegen, das war die einzige Erklärung. Die Nacht fiel wieder sehr kurz für ihn aus. Er sehnte das Wochenende herbei, aber es half ja alles nichts. So schleppte er sich auch diesen Tag wieder zur Arbeit. Es waren lange Tage, damit Simon wenigstens halbwegs den Anschluss behielt. Er fühlte sich ausgelaugt und schwach, doch nachts wachte sein Hirn auf und ließ ihn nicht schlafen. Mit müden Augen starrte er auf seinen Computer und tippte mühselig die Zahlen ein. Dabei dachte er oft an Diana und wie es ihm fehlte, mit ihr in der Mittagspause zu reden. Auch wenn er nur wenig zu der Unterhaltung beitrug, fehlten ihm die gemeinsamen Minuten. Sie blieb zwar auch an ihrem neuen Platz mittags sitzen und aß dort, doch hatte sie neue Gesprächspartner gefunden und Simon fühlte sich etwas überflüssig.

Die Woche zog sich immer weiter in die Länge und Simon war froh, als er am Samstagabend nach einem langen Tag nach Hause kam. Er machte sich noch etwas zu essen und ließ die Woche Revue passieren. Maggie schlief schon und so saß er wieder mit starrem Blick an die Wand am Küchentisch. Die kleine Birne an der Decke produzierte ein grelles Licht, das die tiefen Falten und die beanspruchte Haut noch mehr zur Geltung brachte. Nach dem Duschen lag er noch lange wach und dachte darüber nach, was er am Sonntag im Garten machen könnte. Darauf wartete Simon schon die ganze Woche. Es war höchste Zeit, dass er sich mal wieder ablenkte und was anderes tat, als vor dem Computer zu sitzen und Bilanzen zu errechnen.

Doch als es endlich so weit war und er frei hatte, spielte das Wetter nicht mit, es war kalt geworden und regnete in Strömen. Zunächst kümmerte das Simon nicht besonders, er stand früh auf, frühstückte eine Kleinigkeit und ging in den Garten. Wie jedes Mal an einem Sonntag stellte Simon sich in die Mitte, schloss die Augen und atmete tief ein. Er legte seinen Kopf nach hinten, sodass die Regentropfen in sein Gesicht tropften. Es fühlte sich gut an und Simon blieb für einen Moment in dieser Position, bevor er sich an die Arbeit machte. Er hatte noch viel zu tun, es musste noch der Garten auf den Winter vorbereitet werden. Hier war er in seinem Element, er hatte an vielen Sachen keinen Spaß, doch das bereitete ihm große Freude.

Erst als er beim Umsetzen einer Pflanze merkte, dass er seine Finger kaum noch bewegen konnte, fiel ihm auf, dass es wohl doch kälter war als gedacht. Er beschloss eine Pause einzulegen und ging ins Haus.

Auf der Couch saß Maggie in ihrem Nachthemd und schaute wie so oft in den Fernseher.

»Morgen«, sagte Simon lächelnd im Vorbeigehen.

Maggie blickte ihn kurz an und erwiderte: »Morgen!«

Simon ging hoch ins Bad, um sich die Hände zu waschen. Im Spiegel fiel ihm auf, dass seine Lippen ganz blau waren. Alles um ihn herum war bei der Arbeit in den Hintergrund geraten, sodass ihm gar nicht richtig aufgefallen war, wie kalt es wirklich draußen war. Er ging ins Schlafzimmer und blickte in den Garten hinunter. So gerne hätte er noch weitergemacht, aber das Wetter wurde eher noch schlechter als besser. Simon konnte den Winter nicht leiden. Schweren Herzens beschloss er, es gut sein zu lassen, bis das Wetter wieder besser würde.

Er duschte und ging wieder runter zu Maggie. Er setzte sich neben sie und sie schauten gemeinsam fern. Für Simon war es verschwendete Zeit, vor dem Fernseher zu sitzen, doch konnte er so wenigstens etwas Zeit mit Maggie verbringen. Er war immer sehr ruhig und zurückhaltend und nicht der Typ, der den ersten Schritt machte oder gar den zweiten. So saßen die beiden eine Weile schweigend auf der Couch und guckten eine Soap nach der anderen. Simon versuchte schließlich mit kurzen Kommentaren auf das Gesehene eine Konversation in Gang zu setzen, doch Maggie hatte wohl kein großes Interesse daran, sich zu unterhalten; wenn Simon mal ein »Mmh« oder »Ja« auf seine Kommentare erhielt, war das schon viel.

»Ich mach mal was zum Abendessen«, sagte er schließlich resigniert und ging in die Küche. Dort sah es ziemlich unordentlich aus. Das Frühstück stand noch auf dem Tisch und das Geschirr war einfach nur in die Spüle gestellt worden. Also räumte Simon zuerst die Küche auf, bevor er sich ans Kochen machte. Als das Essen fertig war, rief er Maggie. Mit schleppendem Gang bewegte sie sich Richtung Küche, das Übergewicht hatte Spuren an ihren Knochen hinterlassen. Sie passte auch gerade noch durch die Küchentür.

Als dann beide am Tisch saßen und aßen, war das einzige Geräusch, das man hörte, der Fernseher aus dem Wohnzimmer, aus dem die eingespielten Lacher rüberhallten. Maggie schlang das Essen förmlich runter. Als sie fertig war, stand sie auf, quetschte sich durch die Kunststoffschiebetür der Küche und setzte sich wieder vor den Fernseher.

Simon saß noch lange am Küchentisch und dachte nach. Aber nicht etwa darüber, dass seine Frau nur noch vor dem Fernseher saß und beide schon lange kein ernsthaftes Gespräch mehr geführt hatten oder dass ihm neben der Arbeit auch der Haushalt zugeteilt wurde. Simon dachte darüber nach, wie er Maggie noch mehr entlasten könnte, damit es ihr wieder besser ginge. Er suchte die Fehler immer zuerst bei sich, bevor er jemand anderen damit konfrontierte. Später versuchte Simon seinen Sohn Ben anzurufen, von dem schon lange nichts mehr zu hören war. Doch wie die letzten Male auch war er nicht zu erreichen. Ben hatte nun sein eigenes Leben und das musste Simon akzeptieren. Er legte sich früh ins Bett, um am nächsten Arbeitstag fit zu sein.

Doch es wurde mal wieder eine unruhige Nacht. Höchstens ein paar Minuten konnte er schlafen, bevor der Wecker losging. Es war Montagmorgen, das Wochenende war vorbei. Nur kam es ihm nicht so vor, dass er auch nur einen Tag frei gehabt hätte, vielmehr fühlte er sich, als ob er ununterbrochen durchdurchgearbeitet hätte. Wenn wenigstens auf der Arbeit mal einen Tag etwas weniger los gewesen wäre, dann hätte Simon mal etwas durchatmen können. Aber das war in der nächsten Zeit nicht zu erwarten. Ganz im Gegenteil, als Simon an diesem Morgen das Büro betrat, kamen wieder hämische Sprüche.

»Guten Morgen, Sonnenschein!« Ein Gelächter ging durch die Gruppe. Unbeirrt ging Simon zu seinem Platz. Als er sich setzte, fuhr sein Bürostuhl auf die unterste Stufe, sodass nur noch ein bisschen mehr als Simons Kopf über den Tisch ragte. Wieder ging ein Lachen durch die Gruppe um Michael. Simon versuchte es wieder zu richten, doch jemand hatte den Höhenversteller am Stuhl entfernt. Dann ging auch schon die Tür der Chefin auf und sie betrat das Büro. Sie hielt ihre morgendliche Ansprache und stöckelte den Gang entlang. Vor Simons Tisch hielt sie dann wieder inne und blickte auf ihn hinunter.

»Mit Ihnen muss ich noch mal reden«, sagte sie und verschwand in ihrem Büro, ohne die Tür zu schließen.

Er rappelte sich auf und folgte ihr. Als er die Tür hinter sich geschlossen hatte, fing Frau Fritz auch direkt an:

»Ich weiß nicht, ob Sie mich das letzte Mal richtig verstanden haben. Sie hinken mit der Arbeit hinterher und statt den Klassenclown zu spielen, sollten Sie sich lieber auf Ihre Aufgaben konzentrieren!«

Simon nickte nur. Sie deutete mit einem Kinnrucken auf die Ausgangstür und setzte sich in ihren Stuhl.

Simon ging zurück an seinen Platz und auf seinem Tisch lag der Höhenversteller seines Stuhls. Er schaute in die Runde, doch keiner erwiderte seinen Blick. Es war ruhig im Büro und alle starrten auf ihre Bildschirme. Simon machte sich an die Arbeit.

Auch die nächsten Tage kam er erst spät nach Hause. Ihn plagten immer häufiger Kopf- und Bauchschmerzen. Eines Tages, als er wieder erst zur späten Abendstunde eintraf, saß Maggie noch auf der Couch und schaute wie gebannt in den Fernseher. Simon hängte seinen Mantel auf und ging in die Küche. Er machte sich wie meistens ein paar Brote, als ihm auffiel, dass Maggie dabei war aufzustehen. Er rief ins Wohnzimmer herüber: »Schatz, kannst du kurz warten?! Ich muss mit dir reden!«

Maggie, die sich noch an der Lehne abstützte, um sich aufzurichten, blickte Simon erstaunt an und ließ sich wieder auf die Couch plumpsen. Simon setzte sich neben sie und nach einer kurzen Pause sagte er:

»Irgendetwas stimmt nicht mit mir. Ich glaube, ich werde krank, die letzten Wochen haben mir stark zugesetzt.«

Maggie zog sich wieder an der Lehne hoch und nahm Schwung zum Aufstehen.

»Jeder hat sein Päckchen zu tragen, wahrscheinlich macht dir die Arbeit zu schaffen«, sagte sie schnaufend. »Oder du bist in der Midlifecrisis?«, fügte sie mit einem heiseren Lachen hinzu.

Simon hatte auch die Arbeit unter Verdacht, das war das Einzige, was sich vor kurzem geändert hatte, und trotzdem fühlte es sich anders an. Ausgepowert, leer, aber gleichzeitig innerlich unter einem sonderbaren Druck stehend, der nichts mit den erhöhten Anforderungen zu tun hatte. Und es wurde immer schlimmer. Lange dachte er in der Nacht noch über Maggies Worte nach. Wird schon nicht so ernst sein, beschwichtigte er sich selbst. Schließlich sagten die Ärzte, dass ihm nichts fehle.

Der nächste Morgen war der Anfang zu einem regnerischen kalten Tag. Mal wieder und auch heute bestand Simons Tag aus dem Errechnen von Bilanzen. Als es Mittag wurde, gingen viele Kollegen in den Pausenraum, um dort zu essen. Simon blieb wie immer an seinem Platz und wollte dort etwas essen, um danach gleich weiterarbeiten zu können. Doch heute fehlte ihm ein Messer, dass er zu Hause vergessen hatte. Ihm gefiel es nicht, in den Pausenraum zu gehen, wenn so viele darin waren.

Als er hereinkam, blickten ihn alle an, da sein Erscheinen dort doch selten war.

»Was wollte denn die Chefin von dir das letzte Mal?«, ertönte es von einem der hinteren Tische.

Simon blickte zu Michael hinüber.

»Nichts, sie meinte, ich soll nicht den Clown spielen, weil doch mein Stuhl kaputt war«, lächelte er unbehaglich, weil alle zu ihm hersahen. Er nahm ein Messer aus der Schublade und wandte sich wieder zum Ausgang.

»Und du hast nicht wieder einem deiner Kollegen 'ne Abmahnung beschert, wie du es bei Diana gemacht hast? Wenn du Schwierigkeiten hast, lass wenigstens die anderen da raus«, setzte Michael hinterher.

Simon lief ohne anzuhalten weiter, doch die Worte waren schneller und sie trafen ihn hart. Schnell öffnete er die Tür zum Büro. Ihm wurde heiß und kalt zugleich. Sein Herz raste und ihm fehlte die Luft. Im Büro saßen noch wenige Mitarbeiter und aßen; sie, unter ihnen auch Diana, verfolgten Simons hektischen Lauf durch den Gang, bis er in den Toiletten verschwand. Er schloss sich in einer Einzelkabine ein und setzte sich auf den Toilettendeckel. Er hatte nicht gewollt, dass Diana wegen ihm eine Abmahnung bekam, denn sie war immer so nett zu ihm gewesen. Er hatte der Chefin extra gesagt, dass alles nur von ihm aus gegangen sei, und trotzdem hatte sie Diana auch bestraft. Jetzt überkam ihn das Gefühl, dass ihm niemand mehr zur Seite stand. Aufgelöst versuchte er sich wieder zu sammeln und richtete sein Hemd, denn die Mittagspause war fast vorüber, als es plötzlich an der Tür klopfte.

Simon zuckte zusammen, denn er war davon ausgegangen, alleine auf dem Klo zu sein.

»Besetzt!«, rief er. Dann bemerkte er, wie sich der Türknopf langsam bewegte. »Dieses Klo ist besetzt!«, rief Simon nun lauter.

Einen kurzen Moment lang war es absolut still. Doch plötzlich hämmerte jemand mit Gewalt an die Tür und versuchte sie zu öffnen. Simon zuckte zurück und hoffte, dass die Tür standhielt.

»Michael, ich weiß, dass du es bist!«, rief er aus einer Eingebung heraus.

Abrupt hörte es auf und es wurde wieder ruhig. Man konnte nur noch ein leises Lachen hören.

»Bald sehen wir uns wieder, Simon«, zischte es zu ihm herüber.

Das war nicht Michaels Stimme. Vorsichtig wagte Simon einen Blick durch den Türschlitz. Es war nichts zu sehen. Simon hörte auch niemanden die Toilette verlassen. Also nahm er zwei Klopapierstreifen und stützte sich darauf am Boden ab, um in die Nachbarkabinen zu blicken. Doch es waren keine Füße zu sehen. Simon stand wieder auf und öffnete langsam die Tür. Argwöhnisch schweifte sein Blick durch den Raum. Ab und zu flackerte ein Neonlicht, doch sonst war nichts zu sehen. Er öffnete auch die zwei anderen Kabinen, doch auch dort war niemand. Ein dummer Scherz von Michael, dachte Simon und ging sich die Hände waschen. Er klatschte sich noch eine Handvoll Wasser ins Gesicht, als auf einmal das Licht ausging. Es gab keine Fenster, also war es stockdunkel in dem Raum. Doch als das Licht zurückkam, wurde Simon klar, dass er doch nicht alleine in dem Raum war.

Durch den Spiegel in seinem Blickwinkel erkannte er eine Gestalt, die ihn aus der oberen Ecke des Raumes beobachtete. Es sah aus, als würde sie auf der Decke sitzen und sich zum Angriff bereit machen. Mit schwarzen, leeren Augen hatte das Wesen Simon im Blick. Man konnte die Gestalt nur erahnen, da sie von einem schwarzen Schleier umgeben schien. Nur die Augen glänzten in dem Neonlicht deutlich heraus. Langsam ging Simon Richtung Ausgang, den Blick immer auf die Fratze gerichtet, von der plötzlich ein gespenstisches Lachen ausging.

»Wir sehen uns bald wieder!«, sagte sie, während ihr schwarze Galle aus dem Mund lief. Die Flüssigkeit strömte zu Boden, während das Lachen immer lauter wurde. Die Brühe sammelte sich und floss aus der Kabine in Simons Richtung. Simon stürzte zur Ausgangstür. etwas hinderte ihn daran, die Toilette zu verlassen. Panisch wedelte er mit den Armen herum.

»Simon, alles okay?«

Jemand packte ihn an den Armen. Simon blickte zurück in den Raum. Es war alles weg, es war alles normal, als wenn nie etwas gewesen wäre. Aber das unheimliche Wesen, das schwarze Zeug, das konnte er sich doch nicht eingebildet haben!

»Simon, geht es Ihnen gut?«

Jetzt erst nahm er die hereingekommene Person wahr. Es war Frank, ein Kollege. Simon nickte perplex, und Frank ließ von ihm ab.

»Haben Sie sich was getan?«, fragte er und stellte sich an eins der Urinale. »Sie bluten ja.«

Gegen seinen Instinkt ging Simon zurück und blickte in den Spiegel. Er hatte Nasenbluten, ein dünner Streifen, der aus der Nase bis in den Bart lief. Erst bei näherem Hinsehen bemerkte er, dass dieser Streifen schwarz war. Langsam bekam er Angst. Was hatte es mit diesem schwarzen Zeug auf sich?

Als Frank die Toilette verließ, ging Simon mit ihm nach draußen. Er richtete sich kurz und ging durch das Büro an seinen Platz. Er konnte förmlich spüren, wie die Blicke der anderen ihn durchbohrten.

Erst spät am Abend kam er zu Hause an. Maggie war schon im Bett und er saß noch lange in der Küche unter der grell scheinenden Birne und dachte über die unheimliche Begegnung nach. Er, Simon, der seine Tage damit verbrachte, Bilanzen auszurechnen, wenn auch derzeit mehr schlecht als recht, war doch kein Spinner! Er war einfach nur überfordert, das war es. Aber etwas in ihm wusste, dass das flüsternde Wesen real war. So real wie das Zeug, das es ausgespien hatte und das so schwarz war wie der Auswurf, den Simon in sein Taschentuch gespuckt hatte. Den hatte er sich jedenfalls nicht eingebildet.

Mal wieder wurde es eine kurze Nacht für Simon. Das Erlebte ließ auch seinem Unterbewusstsein keine Ruhe. Es war ein kalter, nasser Samstagmorgen, und Simon sehnte sich seinen freien Tag herbei. Auch wenn ihm höchstwahrscheinlich die Arbeit im Garten verwehrt blieb, brauchte er einfach eine Pause. Schon seit Tagen studierte er den Wetterbericht, in der Hoffnung, das Wetter würde sich bessern. Doch es sollte noch kälter werden. Schon am letzten Wochenende hatte Simon nicht viel in seinem Garten machen können. Er brauchte das einfach als Ventil, um den Stress abzubauen, der sich über die Woche angesammelt hatte. Ein Sonntag im Garten war für ihn wie eine Woche Urlaub. Simon hoffte, dass das Wetter trotz aller schlechten Vorhersagen doch noch ein wenig schön werden würde, sodass er etwas im Garten machen könnte. Einen Tag noch durchhalten, dachte er, noch im Auto sitzend und auf den grauen Betonklotz schauend, in dem sein Büro war. Die Menschen sprinteten durch den Regen zum Eingang. Simon nicht. Er nahm wie immer die Treppe und hängte seinen Mantel an der Garderobe auf. Auf dem Weg zu seinem Platz ging ein lautes »Buuuhhh!« durch das Büro. Darauf folgte ein noch lauteres Gelächter. Simon tat so, als wüsste er nicht, dass es ihm galt, und setzte sich an seinen Platz. Eigentlich überkam ihn bei solchen Dingen nie Groll gegen jemanden. Doch heute fing es an, ihn zu nerven. Vor allem weil es sich jedes Mal wiederholte, wenn Simon seinen Platz verließ, ob er aufs Klo ging oder nur seinen Papierkorb leerte.

Es war wieder ein langer Tag, der sehr an ihm zehrte. Erst spät am Abend machte Simon Feierabend, als Letzter im Büro, bis die Putzfrau mit ihrem Staubsauger hereinkam. Simon nahm seinen Mantel und ging zum Ausgang. Es gewitterte und regnete in Strömen. Er breitete den Mantel wie eine Plane aus und hielt ihn sich auf dem Weg zu seinem Auto über den Kopf. Als Simon die Tür aufschließen wollte, bemerkte er, dass etwas auf seine Tür geschrieben war. Jemand hatte das Wort *Idiot* auf die Fahrertür geschrieben, mit einem Pfeil nach oben, der auf das Seitenfenster zeigte. Er versuchte es mit dem Ärmel wegzuwischen, doch selbst mit viel Druck konnte er nichts ausrichten. Simon musste tief durchatmen. Ihm war klar, auf wen das zurückzuführen war. Völlig durchnässt stieg er in sein Auto und wollte einfach nur nach Hause, duschen und ins Bett.

Als Simon an einer Kreuzung halten musste,

hielt ein anderes Auto neben ihm, in dem zwei junge Männer saßen. Natürlich bemerkten sie die Aufschrift auf der Fahrertür und feixten amüsiert. Simon wendete seinen Blick nicht von der Ampel ab, doch das Klopfen an die Scheibe und das Lachen der beiden Jungen entgingen ihm nicht. Es dauerte ewig, bis die Ampel wieder grün wurde.

Bei seinem Haus angekommen, blieb Simon noch kurz im Auto sitzen. Der Motor war aus, doch das Licht schien noch an die Hauswand. Er legte den Kopf zurück und strich sich mit beiden Händen durchs Gesicht. So elend war es ihm noch nie gegangen.

Das Geräusch, mit dem die Haustür ins Schloss fiel, ließ ihn aufhorchen. Es war wieder sein Nachbar, der gerade aus seiner Haustür kam und nun durch das Scheinwerferlicht zu seinem eigenen Haus lief.

Simon blickte Steve noch hinterher, bis hinter ihm die Haustür zuging. Was wollte Steve ständig bei ihnen zu Hause?

Maggie saß wie so oft auf der Couch und blickte in den Fernseher.

»Hallo«, begrüßte Simon seine Frau, noch im Flur stehend. Ein kurzes Nicken musste ihm als Antwort reichen. Er ging in die Küche. Auf dem Tisch stand noch das gebrauchte Geschirr von zwei Personen. Es war nichts zum Essen vorbereitet, also machte er sich ein paar Brote. Alleine saß

Simon dann am Tisch und aß. Die Kopfschmerzen verstärkten sich und es fühlte sich an, als ob etwas in ihm heranwachsen und es in seinem Körper immer enger werden würde, als wäre er kurz vor dem Platzen. Drüben hörte man ein lautes Stöhnen aus dem Wohnzimmer. Maggie war aufgestanden.

»Hast du die Tür vom Auto neu lackiert oder hast du neue Freunde gefunden?« Sie hatte wohl durch das Fenster den Schriftzug auf der Fahrertür gesehen.

»Ich glaube, das war ein Kollege von der Arbeit, der sich einen Scherz erlauben wollte«, antwortete Simon angestrengt.

»Der muss dich ja ganz schön gut kennen, der Kollege«, lachte Maggie und ging auf die Toilette. Auch das nahm Simon ohne Reaktion in sich auf. Es kam ihm vor, als ob sich die Kopfschmerzen minütlich steigerten.

»Ach ja, Steve hatte noch ein paar Dekorationsblumen für die Hochzeit seiner Tochter gebraucht, ich hab ihm gesagt, er kann sich bedienen«, rief Maggie aus der Toilette.

Simon brauchte eine kurze Weile, bis ihm klar wurde, dass Maggie meinte, Steve könne sich aus seinem Garten bedienen. Sofort lief er hastig zum Garten. Das war *sein* Garten und niemand hatte darin etwas verloren außer ihm. Wie konnte sie es zulassen, dass ein Fremder sich dort zu schaffen machte? Diese Gedanken schossen ihm durch den Kopf, als er durch das Wohnzimmer eilte und die Terrassentür öffnete. Es regnete immer noch. Simon konnte seinen Augen nicht trauen. Der Garten war regelrecht verwüstet worden. Ein Strauch war herausgerissen und durch den halben Garten gezogen worden, um dann über den Zaun ins angrenzende Grundstück seines Nachbarn Steve geworfen zu werden. Die Rosen, die noch blühten, waren alle entwurzelt und ebenfalls in den Nachbargarten geworfen worden.

Simon stand starr in der Mitte des Gartens. Er merkte gar nicht, dass es regnete. Seine Hände verkrampften sich und er sackte in die Knie. Es war, als ob sein Kopf gleich explodieren würde. Es drückte ihm die Eingeweide zusammen und es fühlte sich an, als ob er sich übergeben müsste, doch es funktionierte nicht. Da war er wieder, dieser Druck. Dieser sonderbare Druck, der von ihm Besitz ergriff. Was geschah da mit ihm?

In der Zwischenzeit war Maggie von der Toilette zurückgekehrt und nahm ihre gewohnte Position auf der Couch ein. Die Tür zum Garten stand noch offen und dennoch konnte man nichts erkennen. Wie eine Tür zu einer anderen Welt blickte man nur ins dunkle Nichts. Nur wenn ab und zu ein Blitz durch die Wolken zuckte, konnte man für den Bruchteil eines Momentes erkennen, was das Licht preisgab. Doch Maggie interessierte sich höchstens für das Licht aus dem Flimmerkasten.

Als wieder ein Blitz seinen Weg durch die Wolken bahnte, konnte man eine Gestalt in dem Türrahmen stehen sehen. Völlig durchnässt und mit ausdruckslosem Blick starrte sie aus dem Dunkel auf Maggie. Doch es war nicht derselbe Simon wie der, der in den Garten gegangen war. Seine Augen waren tiefschwarz geworden und in seiner rechten Hand waren die Umrisse einer Axt zu erkennen. Magie saß unverändert auf der Couch und futterte vergnügt ihre Chips. Noch ein Blitz erleuchtete den Himmel, als Simon langsam aus dem Dunkel auf sie zukam. Nun bemerkte auch sie, dass da etwas Seltsames passierte, und wandte sich Simon zu. Der hob die Axt in die Höhe. Mit vor Entsetzen geweiteten Augen wurde Maggie klar, dass das nicht der Mensch war, den sie schon so viele Jahre kannte. Noch bevor sie einen Laut rausbekam, schlug die Axt in ihren rechten Oberschenkel ein. Das Blut spritzte nur so aus dem Bein. Ein markdurchdringender Schrei verließ Maggie. Die Axt steckte in ihrem Schenkel fest. Sie versuchte sich über die Couch zu ziehen, um irgendwie zu entkommen. Mit einem Geräusch, bei dem jedem Menschen wohl die Handflächen feucht werden, versuchte Simon die Axt aus dem Oberschenkel zu lösen. Der Knochen brach laut, das Blut spritzte bis an die Decke, und als die

Axt freikam, war sie voll davon. Maggie schrie, was ihre Lungen hergaben, doch es war, als wenn die Dunkelheit ihre Schreie einfach verschluckte. Diesmal holte Simon seitlich aus. Maggie hob ihre rechte Hand schützend vors Gesicht, doch die Wucht des Aufschlags durchtrennte ihren Arm und die Axt drang knapp unterhalb der Nase in ihren Kopf ein, wo sie stecken blieb. Von einem zum anderen Moment wurde aus einer schrecklichen Hinrichtung eine beschauliche Szene mit beruhigender Geräuschkulisse, in der man den Regen leise auf den Boden prasseln hörte. Es lief kein Sender mehr im Fernseher, nur ein weißer Schauer durchzog den Bildschirm, das einzige Licht, das den Raum erhellte.

Simon stand neben dem Fernseher und blickte starr auf den leblosen Körper. Die Axt steckte noch in Maggies Kopf, der Arm war vor dem Gesicht durch den Stiel der Waffe fixiert. Das Blut quoll langsam aus der Wunde und färbte das Nachthemd immer dunkler. Simon drehte sich weg und lief zur Küche. Im Augenwinkel erblickte er sich im Spiegel und blieb stehen. Seine Augen waren schwarz, sein Gesicht über und über mit Blutspritzern besprenkelt. Er fuhr sich mit den Fingern über die Wange, und es schien, als würde ihm bewusst, was er getan hatte. Doch plötzlich lief ihm eine schwarze Flüssigkeit aus den Augen. Simons Gesicht verwandelte sich langsam zu einer Fratze. Hektisch versuchte er das irgendwie mit den Händen aufzuhalten. Doch es gelang ihm nicht. Simon wurde immer schwächer und sackte schlussendlich zu Boden.

»Nein, bitte«, war das Letzte, was er noch herausbekam.

Kapitel 3

Du und ich

Es war eine anstrengende Zeit, die Ben durchmachte, eine Zeit, die viele Verpflichtungen mit sich brachte. Er war erst vor kurzem mit seiner Freundin zusammengezogen, arbeitete abends in einer Bar, studierte auf Lehramt, und auch seine Freunde fühlten sich schon etwas vernachlässigt. Das Paar lebte in einer kleinen, überteuerten Wohnung in der Nähe der Stadt. Da beide studierten, war ein Nebenjob die einzige Möglichkeit, sich eine zentral liegende Wohnung zu leisten. Es war ein hartes Programm aus Lernen, Arbeiten und Zwischenmenschlichem. Doch Ben war ein offener und organisierter Mensch, der sich gut anpassen konnte. Er war beliebt und hatte viele Freunde. Es hatte ihn immer schon in Richtung Stadt gezogen, da war was los und man konnte etwas unternehmen. Seine Freundin und er waren schon beinahe fünf Jahre zusammen und ein glückliches Pärchen. Ben war auf einem guten Weg, sein Leben in die eigenen Hände zu nehmen. Ein Junge, auf den man stolz sein konnte. Auch wenn er und sein Vater so unterschiedliche Charaktere hatten, waren sie ein gutes Team und verstanden sich prima. Doch nachdem Ben nicht mehr zu Hause wohnte, wurde der Kontakt immer seltener. Oft dachte er zwar daran, seine Eltern anzurufen, doch wurde der Gedanke nicht selten von dem nächsten überholt.

In einem verträumten Moment saß Ben über seinen Büchern am Schreibtisch und beobachtete das Gewitter, das draußen wütete, als ein heftiger Blitz in der Ferne einschlug und mit einem lauten Knall wieder in den Wolken verschwand. Ben zuckte kurz zusammen. Der Knall hatte ihn wieder in die Gegenwart geholt. Er stand auf und beschloss ins Bett zu gehen.

Etwas außerhalb der Stadt war der Einschlag auch zu hören. Zuerst wurde es hell im Schlafzimmer, dann folgte der Knall. Simon öffnete die Augen. Er lag oben im Schlafzimmer in seinem Bett. Sofort sprang er auf, stellte sich neben das Bett und tastete sein Gesicht ab. Was war passiert? Das war so real gewesen. Mit den Händen rieb Simon sich aufgeregt durchs Gesicht und setzte sich dann auf die Bettkante. Ein leises, erleichtertes Lachen überkam ihn. Es war nur ein Traum gewesen. Es war dunkel im Zimmer und nur das Licht des digitalen Weckers ließ die Umrisse der Möbel erkennen. Beim Durchatmen bemerkte Simon, dass es mitten in der Nacht war. Da fiel ihm alles wieder ein. Er stand auf und machte das Licht an. Das Bett neben ihm war leer.

Wo war Maggie? In dem Moment kam die Anspannung wieder zurück. Aber vielleicht war sie nur vor dem Fernseher eingeschlafen. Wäre ja nicht das erste Mal. Er öffnete die Tür und ging raus in den Gang. Der Fernseher aus dem Erdgeschoss war zu hören. Simon blieb stehen und horchte.

»Maggie?«

Es kam keine Antwort.

Langsam ging Simon zur Treppe. Mit einer Hand am Geländer ging er vorsichtig Stufe für Stufe hinunter, den Blick immer ins Wohnzimmer gerichtet. Man konnte die Couch noch nicht sehen, da der Torbogen sie verdeckte. Doch unten angekommen, wurde seine Angst zur Realität.

»Nein, oh mein Gott, nein!«

Simon sackte auf der Treppe zusammen. Was hatte er getan? Es gab keinen Zweifel daran, dass Maggie tot war. Die Axt steckte noch in ihrem Kopf und das Blut hatte bereits die Couch eingenommen.

Es dauerte eine ganze Weile, bis die lähmende Starre vorüber war. Was tun jetzt? Man musste das melden. Er stand auf und ging in die Küche zum Telefon. Er nahm den Hörer ab und wollte gerade den Notruf wählen, als ihm plötzlich eine leise Stimme ins linke Ohr flüsterte:

»Was hast du vor, Simon?«

Der Hörer knallte auf den Boden. Simon stolperte panisch in die entgegengesetzte Richtung, aus der die Stimme kam. Mit dem rechten Arm riss er einige Sachen von der Küchenablage und landete auf dem Boden. Hastig atmend blickte er um sich, doch es war niemand zu sehen. Nur das Licht über dem Esstisch flackerte ab und zu.

Dann plötzlich wieder: »Simon.«

Es hörte sich an, als ob jemand direkt neben ihm stünde. Simon drückte sich mit den Händen und Füßen ab und kroch in die Ecke der Küche.

»Wer ist da?«, rief er schrill.

Stille.

Simon scannte mit fliegenden Blicken die Küche, doch nichts war zu erkennen und nirgendwo rührte sich etwas.

Plötzlich fing die zischende Stimme an zu lachen. Es war kein heiteres Lachen, es klang eher wie das eines Verrückten. Simon verschränkte die Arme vor dem Gesicht und wandte seinen Kopf zur Ecke.

»Du hast mich gerufen, Simon. Ich bin hier, um dir zu helfen.«

»Wer bist du?«, flüsterte Simon. Langsam hob er seinen Kopf.

»Du kennst mich, ich will dir helfen. Ich will, dass es dir wieder besser geht.«

Anscheinend wollte ihm die Stimme nichts Böses. Den Rücken an die Wand gedrückt und den Blick immer in die Küche gerichtet, stand Simon auf.

»Bis jetzt hast du alles richtig gemacht, du darfst dir jetzt nur keine Fehler erlauben«, sagte die Stimme.

»Was redest du, Maggie ist tot und *ich* habe sie umgebracht!«, schrie Simon.

»Du hattest keine Wahl, Maggie hat dich seit Jahren wie Dreck behandelt und hinter deinem Rücken mit dem Nachbarn betrogen, während du für sie arbeiten warst. Für sie warst du schon tot und dafür sollst du jetzt büßen? Das lass ich nicht zu!«

Simon drückte die Hände auf die Ohren, er wollte nichts mehr hören. Doch die Stimme redete ungehindert weiter. Es war, als ob sie direkt in seinem Kopf wäre.

»Nein«, rief Simon laut, um die Stimme zu übertönen. Doch das funktionierte nicht. Nun wurde die Stimme auch immer bestimmter und redete Simon immer weiter ein, dass Maggie es verdient hätte. Für Simon war die Stimme böse und doch wusste er im Inneren, dass etwas Wahres dran war an dem, was sie sagte. Seit Jahren ignorierte seine Frau ihn und ständig war der

Nachbar bei ihnen gewesen, sie saß den ganzen Tag auf der Couch, während er arbeitete. Simon tat alles für sie, und sie nutzte das nur aus. In ihm baute sich wieder dieser Druck auf, der sich anfühlte, als ob es ihn jeden Moment zerreißen würde. Seine Atmung wurde schneller und tiefer. Es fühlte sich an, als wenn immer weniger Platz in seinem Körper wäre. Ein lauter Schmerzensschrei verließ ihn.

Danach war Ruhe. Auch der Druck war weg. Er nahm langsam die Hände wieder von den Ohren und lauschte angespannt. Doch die Stimme war verklungen. Simon blickte prüfend durch die Küche. Eine seltsame Ruhe; nur wenn die Birne über dem Esstisch flackerte, gab es ein kurzes Zischen. Er wollte nur raus, raus aus dem Haus!

Doch nach wenigen Schritten fing das Licht an, immer schneller zu flackern, bis es plötzlich an blieb und immer heller wurde. In diesem Moment kam auch der Druck in Simon zurück, nur dass er dieses Mal noch schlimmer war als zuvor. So schlimm, dass er nicht mehr stehen konnte. Simon klappte zusammen und stützte sich mit den Händen auf den Bodenfliesen ab. Er kämpfte mit allem, was ihm zu Verfügung stand, dagegen an. Ein Schmerz, so stark, wie er ihn noch nie gespürt hatte, durchzog seinen Körper. Mit dem Gesicht zum Boden sah er, wie ein Tropfen nach dem anderen auf den Kacheln landete. Es fühlte sich an, als ob durch den Druck seine Tränen herausgepresst würden. Doch es waren schwarze Tropfen. Eine schwarze Brühe lief ihm aus den Augen. Ein Gefühl, als wenn ihn etwas aus seinem eigenen Körper werfen wollte.

Mit seiner letzten Energie wischte Simon sich mit der Hand unter den Augen durch, dann verließ ihn die Kraft.

Doch es wurde gegen seine Erwartungen nicht noch schlimmer, sondern besser. Der Druck ging langsam zurück und die Anspannung lockerte sich. Simon sackte vollends zu Boden. Es war wie eine Befreiung. In dem Moment erkannte er auch, dass seine Einstellung die falsche war. Wie in einer Erleuchtung, die über ihn gekommen war, sah Simon nun seine Situation aus einer anderen Perspektive. Er war nicht schuld daran, was passiert war, ihm war gar nichts anderes übrig geblieben. Die anderen trugen seiner Meinung nach die Verantwortung. In dem schwachen Licht richtete er sich auf. Plötzlich kein Gedanke mehr von Reue. Sie hatte das bekommen, was sie verdiente. Es war auf einmal alles so klar.

Simon stand auf und ging zum Wohnzimmer hinüber, wo die Leiche noch auf der Couch saß. Ungerührt stand er am Eingang zum Wohnzimmer und starrte auf seine tote Frau. Er musste die Leiche loswerden, war nun sein einziger Gedanke. Jeder, dem er die Tür öffnete oder der genauer durch das Fenster ins Wohnzimmer schaute, konnte die Leiche dort sitzen sehen. Am besten wäre es, wenn er sie in die Tiefkühltruhe stecken würde. Dann würde sie auch nicht anfangen zu stinken, beschloss Simon. Das Problem war nur, dass, obwohl sie eine große Truhe besaßen, die füllige Frau nicht hineinpasste. Auf jeden Fall nicht am Stück. Simon beschloss, sie erst mal von der Couch in die Küche zu bringen. Was sich jedoch als nicht so einfach herausstellte, da sie selbst mit größter Kraftanstrengung kaum zu bewegen war. Ihm kam die Idee, sie von der Couch auf den Teppich zu stoßen und diesen mit der Leiche darauf in die Küche zu ziehen.

Aus dem Garten holte Simon eine Holzlatte, die er als Hebel hinter Maggie ansetzte, um sie von der Couch zu wuchten. Man konnte hören, wie sich das getrocknete Blut zwischen ihr und dem Stoff der Couch löste. Mit einem dumpfen Schlag landete der massige Körper auf dem Teppich. Dabei löste sich die Axt aus dem Kopf und noch etwas weiteres dunkles Blut lief aus der Wunde.

Schlagartig überkam Simon eine extreme Übelkeit. Er öffnete die Tür zum Garten und stellte sich vor einen Busch, um sich zu übergeben. Simon hatte auch Zweifel an dem, was er tat, doch überwog der Teil, der ihm Recht gab, nun das Richtige zu tun. Entschlossen, das durchzuziehen, ging er wieder rein und zog den Teppich mit Maggie in die Küche. Er musste den Esstisch zur Seite schieben, damit er den Körper durch den engen Durchgang bekam. Jetzt lag der Leichnam in der Mitte der Küche. Simon stand in der kleinen Abstellkammer prüfend vor der Tiefkühltruhe. Es funktionierte nicht, und selbst wenn, wie sollte er die Leiche über die Kante in die Truhe heben? Energisch ging Simon in den Geräteschuppen im Garten, eilig suchte er sich durch sein Arsenal. Eine Säge, die immer genutzt wurde, um den Kirschbaum zu stutzen, wurde aussortiert sowie sein Gärtneroutfit.

Auf dem Weg zurück ins Haus wurde seine Aufmerksamkeit auf eine kleine Kettensäge gelenkt. Vor Jahren angeschafft und fast noch nie benutzt, hing sie neben der Schuppentür. Alle sagten immer, eine Elektrokettensäge sei nicht das Wahre, man brauchte eine, die mit Benzin lief, aber für sein Vorhaben würde das schon ausreichen. Wieder in der Küche angekommen legte Simon die beiden Sägen auf den Esstisch und zog sich den Gärtneranzug an. Er öffnete einen kleinen Schrank unter der Spüle, holte eine Rolle Müllbeutel heraus und steckte sie sich in die Hosentasche.

Im Keller waren noch Planen, die sie immer fürs Streichen benutzten, mit denen er die ganze Küche abdeckte. Bis auf Maggie, ihm und den zwei Sägen lag nun alles unter den Plastikfolien geschützt. Simon ging noch mal hinaus und kontrollierte die Haustür sowie die Gartentür, ob sie auch abgeschlossen waren. Auf dem Rückweg zog er, nach einem kurzen Blick nach draußen, noch die Vorhänge des Fensters im Wohnzimmer zu.

Simon steckte die Kettensäge ein und ließ sie laufen. Sie war lauter, als er es in Erinnerung hatte. Es wäre vielleicht auffällig, wenn man das Geräusch längere Zeit aus dem Haus hören würde, dachte er, ging nach oben und holte das kleine Radio aus dem Schlafzimmer. Nun lief in der Küche laut klassische Musik und Simon machte sich an die Arbeit. Zu den Klängen von Bach, Mozart und Co. ging es mit den Armen los. Die Säge bahnte sich mit Leichtigkeit ihren Weg durch das Fleisch, zerfetzte die Haut und zerriss Muskeln und Sehnen. Nur bei den Knochen traf sie auf Widerstand und Simon musste kurz achtgeben, dass er die Kontrolle behielt. Der Nachteil der Säge allerdings war, dass sie nicht besonders diskret arbeitete. Es wurde eine scheußliche Sauerei. Das Blut spritzte meterweit und die scharfen Klingen rissen teilweise große Stücke aus dem Fleisch. Er hatte zwar die Plastikfolie ausgelegt, doch damit, dass ein Mensch so viel Blut besaß, hatte Simon nicht gerechnet.

Nach einer Weile war die Leiche in kleine Portionen aus Armen, Beinen, zwei Teile des Rumpfes und den Kopf zerteilt. Jedes der Teile kam nun in einen Müllsack und wurde anschließend in der Gefriertruhe verstaut. Danach war sogar noch Platz in der Truhe. Simon setzte sich auf den Rand des Esstisches. Das Gesicht vom Blut rot gefärbt, starrte er mit leerem Blick in die Blutpfütze, die sich in einer Senke der Plastikfolie gesammelt hatte. Wenn man sich nun fragte, was ihm dabei durch den Kopf schoss, gäbe es keine Antwort darauf. Simon entwickelte in den Momenten keine eigenen Gedanken, es war der Instinkt, der ihn lenkte. Als wenn etwas für ihn die Entscheidungen träfe. Er faltete die Folie so zusammen, dass sich das Blut unten am Boden zu einer großen roten Pfütze sammelte und er es transportieren konnte. Die Folie landete dann in der Badewanne, wo das Blut ablaufen sollte. Doch die Haare, Hautfetzen und die gröberen Fleischstücke verstopften den Abfluss. Simon musste sie mit der Hand rausholen, damit das Blut abfließen konnte. Was ihm als sehr unangenehm in Erinnerung bleiben sollte.

Nachdem alles Blut abgelaufen war, füllte Simon die Wanne mit Wasser und weichte die Folie und seine Kleidung darin ein. In der Küche zeugten nur noch die blutverschmierten Werkzeuge von dem grausamen Szenario. Auch diese Spuren wurden verwischt und das Werkzeug gereinigt. Als Letztes war er selbst an der Reihe. Das Wasser wusch die Sünde von seiner Haut und ließ sie im dunklen Abfluss verschwinden. Simon kniete sich hin, das Wasser prasselte ihm auf den Kopf und suchte sich seinen Weg über den Körper. Ihm kamen die Tränen. Erst jetzt wurde ihm wirklich klar, was passiert war. Seine Überzeugung änderte das nicht, nur dass er zu so etwas in der Lage war, hätte er sich niemals vorstellen können.

Mittlerweile war es schon fast Sonntagmittag geworden. Nach einem gemütlichen Frühstück im Bett mit seiner Freundin machte sich Ben auf, um noch etwas zu lernen. Die Sonntage waren ihm ebenfalls heilig, der einzige Tag, an dem man sein Tempo selber bestimmen konnte und an dem niemand etwas von ihm wollte. Ben musste zwar viel für das Studium lernen, jedoch konnte er zwischendrin immer mal wieder abschalten und was anderes tun. Auch seine Freundin hatte an den Sonntagen frei und sie genossen es einfach nur, Zeit miteinander zu verbringen. Es war schlechtes Wetter draußen und es kam einem vor, als ob es schon seit Tagen regnete. Umso gemütlicher war die heimische Zweisamkeit. Später, beim gemeinsamen Abendessenkochen, erinnerte Mila Ben daran, dass er mal wieder seine Eltern anrufen wollte.

»Stimmt, das mach ich gleich«, sagte er und

holte sein Handy. Er ließ es lange klingeln, doch es nahm niemand ab.

»Hm, komisch, es ist niemand da, wahrscheinlich sitzt mein Vater noch im Garten«, sagte Ben mit einem Lächeln.

Mila, die am Herd stand, drehte ihren Kopf zu Ben. »Aber doch nicht bei dem Wetter.«

Ben lachte. »Du kennst meinen Vater nicht. Ich versuch's nachher noch mal.«

Sie aßen gemeinsam und ließen die Woche vor dem Fernseher ausklingen.

Am Abend rief Ben noch einmal an. Wieder nahm niemand ab, was ihm nun doch etwas seltsam vorkam, denn gerade an Sonntagen waren seine Eltern eigentlich so gut wie immer zu Hause. Doch er dachte sich nichts weiter dabei. Vielleicht waren sie bei Freunden oder ausnahmsweise mal was essen gegangen. Ben machte sich etwas Sorgen, dass sich seine Eltern nicht mehr verstanden, denn natürlich war auch ihm ihr Umgang miteinander nicht entgangen. Nun, sie werden sich schon wieder zusammenraufen, dachte er.

Das Wochenende war vorbei und der Ernst des Lebens ging wieder los. Der Wecker heulte auf und Simons Augen öffneten sich. Verwirrt stand er auf. Er musste gestern nach dem Duschen eingeschlafen sein und bis jetzt durchgeschlafen haben. Simon rief bei der Arbeit an und meldete sich für diesen Tag krank. Früher hätte das wohl sein Gewissen verhindert, doch das interessierte ihn nicht mehr. Zuerst brauchte sein Körper Nahrung, bevor er sich um die Wanne mit der Plastikfolie und der Kleidung drin kümmern konnte. Dazu musste Simon aber zuerst einkaufen gehen.

Vor dem Auto stehend bemerkte er, dass immer noch das Wort *Idiot* auf der Fahrertür stand. Mit einem Pinsel und handelsüblicher weißer Holzfarbe machte er sich daran, die Verunstaltung zu überdecken. Es sah nicht viel besser aus, aber man konnte immerhin das Wort nicht mehr lesen. Fit und mit guter Laune machte sich Simon auf den Weg zum Supermarkt. Er hatte nicht mehr das einengende Gefühl, das ihn schon sein Leben lang begleitete und zuletzt immer schlimmer geworden war.

Auf dem Weg zurück fiel ihm schon von Weitem auf, dass jemand vor seiner Eingangstür stand. Es war wieder sein Nachbar Steve, der neugierig versuchte, durch das kleine Fenster in der Tür etwas im Haus zu erkennen. Doch noch bevor Simon in die Auffahrt fuhr, machte er sich eilig wieder auf den Weg zu seinem Haus. Steve wollte sicher zu Maggie, weil er davon ausging, dass Simon bei der Arbeit war, dachte sich Simon beim Aussteigen. Noch einen Moment blieb er neben seinem Auto stehen und beobachtete die

Fenster des Nachbarhauses, bevor er mit dem Einkauf hineinging. Es gab noch viel zu tun nach dem Essen, die Kleidung musste gewaschen und die Folie entsorgt werden, außerdem musste die Couch neu bezogen werden. Doch die Aktion von seinem Nachbarn ließ ihm keine Ruhe, sondern machte ihn immer wütender, je mehr er darüber nachdachte. Während Simon arbeiten ging, vergnügten sich die beiden hinter seinem Rücken und lachten über ihn. Sie versuchten nicht einmal, das gut zu verheimlichen, als wenn es keine Rolle spielte, ob er es wusste oder nicht. Das steigerte sich immer weiter hoch und Simon musste sich zusammenreißen, um nicht wieder die Kontrolle zu verlieren. Man müsste nur mit ihm reden, dann würde sich alles aufklären. Er wusste auch schon, wie man das Treffen arrangieren könnte.

Am nächsten Tag stand Simon früh auf und meldete sich für einen weiteren Tag krank. Trotzdem setzte er sich ins Auto und fuhr los – jedoch nur, um den Wagen ein paar Straßen weiter abzustellen. Dann schlich Simon sich zurück in sein Haus und legte sich wieder ins Bett.

Tatsächlich dauerte es nicht lange, bis sich Steve meldete. Kleine Steine flogen gegen das Schlafzimmerfenster. Simon zeigte sich nicht am Fenster, er wollte Steve in der Wohnung antreffen und dort zur Rede stellen. Aber das war schon der Beweis, dass die beiden sich trafen, wenn sie dachten, Simon sei nicht zu Hause. Wieder kam diese innere Unruhe auf, doch zuerst interessierte ihn, was Steve dazu zu sagen hatte. Zuerst räumte er die Jacken aus dem kleinen Schrank im Eingangsbereich und warf sie auf die Couch. Danach schaltete Simon das Licht im Schlafzimmer ein, um zu zeigen, dass jemand im Haus war, und lehnte die Eingangstür im Erdgeschoss an. Er stellte sich in den ausgeräumten Schrank und wartete.

Nicht lange und es klingelte, bevor jemand kurz darauf durch die Haustür kam. Simon konnte Steve durch die Luftschlitze erkennen.

»Maggie, ich bin's!«, rief Steve und steuerte die Küche an. »Hallo?«, rief er erneut.

Simon öffnete vorsichtig den Schrank und trat hinaus. Er stand nun zwischen Steve und der Eingangstür und blickte auf seinen Rücken.

»Hallo, Steve«, sagte er mit leiser, bestimmter Stimme.

Steve drehte sich erschrocken um. Man merkte, das war nicht die Stimme, die er erwartet hatte zu hören.

»Ah, hallo Simon, ich wollte nur kurz zu Maggie, um ihr etwas zu sagen«, stotterte er. Er war normalerweise ein etwas bleicher Mann, doch jetzt hatte sein Gesicht einen Stich ins Rote.

»Was wolltest du ihr denn sagen?«, fragte Simon ernst, den Blick unablässig auf Steve geheftet, der jedoch immer wieder den Blickkontakt unterbrach.

»Ach, ich wollte ihr nur für die Blumen danken, die haben mich echt gerettet«, lächelte Steve dünn und ergänzte: »Aber ich kann auch ein anderes Mal wiederkommen.« Er wollte an Simon vorbeilaufen, der jedoch versperrte ihm den Weg mit dem rechten Arm, den er an die Wand drückte.

»Was machst du in meinem Haus?«, fragte Simon nun strenger. Steve war sichtlich eingeschüchtert, doch der einzige Weg nach draußen führte an Simon vorbei.

»Ich muss jetzt echt nach Hause, Simon!«, wurde er laut.

Ernst blickte Simon Steve in die Augen. Nach einem kurzen Moment nahm er den Arm runter und drehte seinen Körper zur Seite. Steve lief hastig an ihm vorbei. Zuerst wollte er unbedingt in sein Haus und nun ging es ihm nicht schnell genug, wieder herauszukommen. Simon konnte seine Wut nicht zügeln und nahm mit der linken Hand das Telefon auf.

Gerade als Steve die Haustür öffnen wollte, hörte er von hinten ein »Hey Steve!« und er drehte sich noch um, doch für jegliche Reaktion zu spät krachte das Telefon auf seinen Kopf und er ging zu Boden. Bei einem modernen Telefon wäre wohl eher das Plastik kaputt gegangen, doch Simon besaß noch eins der alten Generation. Ben hatte ihnen zwar einmal ein neueres Designer-Telefon zu Maggies Geburtstag geschenkt, so ein flippig orangefarbenes mit allen möglichen Klingeltönen. Jedoch war es den alten Wählscheiben-Telefonen nachempfunden und hatte ein stolzes Gewicht, gegen das Steve keine Chance hatte.

Erst nach langer Besinnungslosigkeit kam Steve das Bewusstsein zurück und er merkte gleich, dass er gefesselt war. Es klaffte eine Platzwunde an seiner linken Stirnseite, aus der langsam das Blut über seine Wange lief. Allmählich kamen alle seine Sinne zurück und er stellte fest, dass er auf einem Stuhl in der Küche vor dem Esstisch saß. Seine Arme waren an den Armlehnen und seine Beine an den Stuhlbeinen mit Klebeband gefesselt. Es lief klassische Musik und die komplette Küche war mit Plastikfolie ausgelegt. Steve versuchte sich hastig aus der Fesselung zu befreien, er wollte losschreien und um Hilfe rufen, doch ein weiterer Klebebandstreifen auf seinem Mund verhinderte, dass mehr als ein unverständliches Gemurmel von ihm zu hören war. Auch die Fesseln ließen sich nicht lösen und so blieb es bei dem Versuch, bis er plötzlich hörte, wie jemand die Haustür aufschloss und auf die Küche zukam.

Simon trat ein, räumte ein paar Sachen in die

Schubladen und ging wieder, ohne Steve auch nur eines Blickes zu würdigen. Steve versuchte anhand der Schritte zu erkennen, wohin Simon lief, und probierte sich weiter an seiner Befreiung. Doch ihm blieb nur wenig Zeit, denn Simon war schon wieder auf dem Weg zurück. Diesmal allerdings nahm er ihn wohl wahr, was Steve sichtlich erschrecken ließ. Simon hatte mehrere Werkzeuge mitgebracht und legte sie vor Steve auf den Tisch, darunter eine kleine Kettensäge und die Axt, eine Heckenschere, ein Hammer und ein Schraubenzieher. Steves Atmung erhöhte sich hörbar und er fing nun an, sich massiv zu winden. Simon beobachtete ihn entspannt und legte den rechten Zeigefinger auf die Lippen zum Zeichen, dass Steve ruhig sein solle. Steve erkannte, dass er keine Chance hatte, und reduzierte den Aufwand gegen die Fesseln wieder. Simon ging noch einmal los und kam kurz darauf mit einem Bügeleisen wieder. Er steckte es ein, drehte es auf die höchste Stufe und stellte es zu den Werkzeugen auf den Tisch. Danach setzte er sich Steve gegenüber.

»Was hast du in meinem Haus verloren?« Langsam entfernte er ihm den Klebestreifen auf dem Mund.

»Simon, was tust du? Was hast du vor?«

Bevor Steve weiterreden konnte, klebte Simon ihm den Mund wieder zu. Mit unbewegter Miene nahm er den Schraubenzieher vom Tisch und rammte ihn Steve in den Oberschenkel. Wie leid war es Simon, dass ihn die Leute hinhielten oder Ausreden benutzten, nur weil sie es bei ihm machen konnten und mit keinen Konsequenzen rechnen mussten! Das war nun vorbei.

Steves schmerzverzerrtes Gesicht war dunkelrot angelaufen, man konnte den entsetzlichen Schrei nur erahnen, der von ihm ausging. Die Atmung durch die Nase wurde immer schneller. Das Klebeband blähte sich auf, da Steve instinktiv versuchte, auch durch den Mund zu atmen. Simon saß ihm ruhig gegenüber. Der Schraubenzieher steckte tief in dem Oberschenkel, jedoch lief kaum Blut aus der Wunde. Simon wartete, bis sich Steve wieder etwas beruhigte, und stellte ihm erneut die Frage:

»Was hast du in meinem Haus verloren?«

Er zog den Klebestreifen ab. Steve holte erst mal Luft.

»Ich wollte zu Maggie, aber ich habe nie ein Verhältnis mit ihr gehabt. Ich weiß, wie das aussehen muss, aber ich schwöre, dass da nie etwas in die Richtung gelaufen ist!«

Eine Lüge war nicht das, was Simon hören wollte. Also klebte er ihm den Mund wieder zu. Seine Wut wurde nun wieder größer und der innere Druck stieg wieder an. Zerfressen von dem Glauben, Steve und seine Frau hätten ihn hintergangen, durchmaß Simon mit hektischen Schritten die Küche. Was, wenn er sich irrte und Steve doch kein Verhältnis mit Maggie gehabt hatte? Doch bevor ihn ernsthafte Zweifel überkamen, schaltete sich die Stimme wieder ein.

»Natürlich lügt er, um seine Haut zu retten, er verspottet uns, wir müssen ihn zwingen, die Wahrheit zu sagen!«

Simon hielt inne und schaute Steve an, der schweißgebadet auf dem Stuhl zu ihm aufblickte. Die Stimme hatte recht, es war so offensichtlich, und trotzdem leugnete Steve es. Entschlossen ging Simon zu dem Tisch, nahm die Heckenschere und steckte Steves rechten Zeigefinger und den Mittelfinger zwischen die Klingen. Er war jetzt ganz nah vor Steves Gesicht und blickte ihm in die Augen. Steve fühlte sich einer erneuten Ohnmacht nah bei dem Anblick, Simons Augen sahen böse aus, sie waren leer, und es schien, als wenn ein schwarzer Schleier über ihnen läge.

Einen kurzen Augenblick war es komplett ruhig um sie herum, als Simon plötzlich anfing, auf eine unangenehme Weise zu grinsen, und die Heckenschere auf der anderen Seite zusammendrückte. Die Klingen durchschnitten mühelos die dünnen Knochen. Fast wie Fingernägel, die man abknipste, flogen die Finger durch die Küche. Das Blut schoss aus den zwei Öffnungen und spritzte an die Folie an der Wand. Steve gab sein Bestes, um den Schmerz zu überstehen, doch als

Simon das Bügeleisen auf die Wunde drückte, um die Blutung zu stoppen, verließ ihn das Bewusstsein. Irgendwann hatte Simon mal in einem Film gesehen, dass man durch Hitze eine Wunde verschließen konnte. Steve sollte nicht verbluten, in seinen Augen schuldete er ihm noch eine Antwort.

Es war schon spät am Abend, als Steve die Augen wieder öffnete. Er hatte blutunterlaufene Augen und seine Haut war noch bleicher geworden. In einem Auge waren von der Anstrengung einige Äderchen geplatzt und es war tiefrot. Um seine rechte Hand war provisorisch ein Handtuch als Verband gewickelt, welches aber schon voll gesogen war, sodass das überschüssige Blut zu Boden tropfte. Das Verschließen der Wunde hatte nicht ganz so gut funktioniert, da die Knochen der Finger etwas herausstanden. Simon saß ihm gegenüber und beobachtete ihn. Er hatte nun einen gelben Plastikanzug an und neben ihm auf dem Tisch lag ein Helm mit Visier, wie ihn Bauarbeiter benutzten. Simon zog den Klebestreifen von Steves Mund und Steve atmete tief durch. Sein Kopf lehnte seitlich auf der Rückenlehne und schwerfällig versuchte er, ihn aufzurichten.

»Ich bin ein einsamer Mensch, Simon«, flüsterte er schwach. »Meine Frau ist schon lange tot und meine Kinder wollen nichts mehr von mir wissen. Ich bin auch nicht gerade das, was man einen guten Fang nennen könnte. Ich habe jemanden gebraucht, der für mich da ist oder für den ich da sein kann ... ja, auch in sexueller Hinsicht. Es tut mir leid.«

Simon stand auf und ging an die Spüle.

»Jetzt hast du es gleich hinter dir.«

Er nahm ein Messer aus dem Block und stellte sich hinter Steve. Der schloss die Augen und eine Träne lief ihm über die Wange. Der sanfte Klang aus dem Radio erfüllte den Raum. Ohne Skrupel führte Simon die Klinge an Steves Hals entlang. Er drückte ihm das Messer ins Fleisch und schnitt Steve die Kehle durch. Zuerst spritzte das Blut heraus, doch je weiter die Klinge wanderte, umso gleichmäßiger verließ es seinen Körper und verteilte sich auf seinem Hemd. Man konnte sehen, wie das Leben Steve verließ. Ruhig sackte sein Kopf zur Seite und die Anspannung löste sich.

Obwohl Steve zugegeben hatte, dass Simon recht hatte und sie ihn hintergingen, fühlte Simon sich nur bedingt bestätigt und saß noch lange an dem Tisch neben der Leiche und dachte nach. Ein kleiner Teil in ihm sagte, dass er etwas Falsches getan hatte. Doch der weitaus größere Teil war zufrieden, dass das Gleichgewicht wiederhergestellt war. So sah Simon das jetzt zumindest.

Als es dann weiterging, kam sein gelber Plastikanzug zum Einsatz. Simon machte sich daran, die organischen Überreste in handliche Portionen zu sägen, damit sie noch Platz in dem Gefrierschrank hatten. Es wurde wieder eine unglaubliche Sauerei, da die Kettensäge nicht zimperlich mit den Überresten umging. Sie zerriss das Fleisch eher, als dass sie es sauber zerteilte, jedoch dauerte es nur einen Bruchteil der Zeit, die man bräuchte, wenn man es mit einer Handsäge so hinbekommen wollte. Da hatte Simon dazugelernt, mit dem Anzug und dem Visier blieb man weitgehend von Blutspritzern verschont. Es hatte sich gelohnt, während Steve ohnmächtig war, noch mal in den Baumarkt zu fahren. Der Rest der Entsorgungsaktion verlief weitgehend wie die erste, nur dass Simon diesmal das Blut aus der Plane durch ein Sieb laufen ließ, bevor er es in die Badewanne kippte, um den Abfluss frei zu halten und nicht wieder mit den Händen reingreifen zu müssen, um die Fleischstücke herauszuholen. Das war ihm ja beim ersten Mal so unangenehm gewesen – was angesichts der Tatsache, dass Simon da gerade einen kompletten Menschen zersägt hatte, an Ironie kaum zu überbieten war, wie er zugeben musste.

Bis in die frühen Morgenstunden wurden noch die letzten Blutspuren entfernt, bevor Simon erschöpft ins Bett fiel.

Kapitel 4

Entgleisung

Der nächste Tag wurde mit einem ungewöhnlichen Geräusch eingeläutet. Es war das Telefon aus dem Erdgeschoss, das nicht mehr ganz korrekt den Klingelton wiedergab und etwas mitgenommen schrillte. Widerwillig stand Simon auf. Es klingelte schon lange nicht mehr, als er unten ankam. Es war die Nummer seiner Arbeitsstelle eingeblendet, bereits vor eineinhalb Stunden hätte Simon dort sein sollen. Doch das brachte ihn nicht aus der Ruhe. Zuerst steckte er das Telefon aus und bereitete sich erst mal ein ausgiebiges Frühstück, bevor er sich anzog und auf den Weg machte.

Draußen empfing ihn ein stürmisches, nasses Wetter, doch Simon fühlte sich fit und hatte gute Laune. Er konnte sich nicht mehr daran erinnern, wann es ihm zuletzt so gut gegangen war. Das Gefühl, nicht zu dieser Gesellschaft zu gehören und nur der Haudrauf für jedermann zu sein, war verschwunden.

Mit fast drei Stunden Verspätung traf Simon auf dem Parkplatz seiner Firma ein. Er nahm den Aufzug nach oben, hängte seinen Mantel vor dem Büro an die Garderobe und betrat den Raum.

Man konnte förmlich fühlen, wie ihn die Leute im Büro unter Beobachtung nahmen. Unbeeindruckt steuerte Simon mit der Tasche in der linken Hand seinen Platz am Ende des Büros an.

»Gut geschlafen, Prinzessin?«, rief es aus Michaels Ecke.

Simon blieb stehen und blickte Michael ernst an. Nach einem Moment wandte er seinen Blick wieder ab und ging weiter. Ein hämisches Lachen von Michael folgte dieser Aktion. Simon versuchte das zu ignorieren und machte sich an die Arbeit, jedoch mit einer anderen Einstellung als zuletzt. Zeitdruck war nun kein Thema mehr für ihn. Er arbeitete zügig, doch jeden Tag Überstunden zu machen kam für ihn jetzt nicht mehr in Frage.

Kurze Zeit später trat die Chefin ins Büro. Mit prüfendem Blick, die Hände auf dem Rücken verschränkt, schritt sie langsam durch den Gang zwischen den Tischen. Es herrschte absolute Stille, nur das Geräusch der Tastaturen war zu hören. Vor Simons Tisch angekommen, blickte die Chefin ihn von oben herab an. Doch selbst Simons Körperhaltung hatte sich geändert; statt wie früher den Blick nach unten gerichtet und den Rücken gebeugt, saß Simon nun aufrecht auf seinem Platz und erwiderte ihren Blick.

»Kommen Sie mal mit in mein Büro!«, sagte Frau Fritz. Simon folgte ihr. Kurz nachdem die Tür ins Schloss gefallen war, wütete sie los:

»Ich weiß nicht, was Sie denken, wo Sie hier sind. Sie können hier nicht kommen und gehen, wie Sie gerade Lust haben!«

Simon beobachtete interessiert, wie ihr eine Ader aus der Stirn drückte.

»Ich warne Sie, ich lass mich nicht verarschen, das ist Ihre letzte Chance. Wenn es nach mir ginge, wären Sie schon längst weg. Und jetzt gehen Sie mir aus den Augen«, fauchte sie und richtete ihren Blazer, der durch das Gestikulieren verrutscht war.

Simon drehte sich um und ging hinaus. Im Büro waren alle auf ihre Bildschirme fixiert und niemand wagte es, zu Simon zu blicken. Wohl auch, weil sie nicht wussten, ob die Chefin ihm gleich folgen würde. Simon nahm die Kritik durchaus an, er war nur etwas genervt, dass die Chefin so ungezügelt auftrat. Ihm war klar, dass seine Arbeit hinterherhing, er auch noch zu spät gekommen und das nicht gerade optimal gewesen war. So vertiefte er sich den Rest des Tages in die Arbeit.

Auch bei Ben, der einen langen Uni-Tag hinter sich hatte, standen die Arbeit und das Lernen im Vordergrund. Umso schöner waren da die Momente, die er mit seiner Freundin hatte. Etwa wenn sie am Abend zusammen kochten oder dann später im Bett noch etwas fernsahen. Aber auch seine Eltern waren ihm wichtig, und da er zu dem Zeitpunkt schon ungewöhnlich lange nichts mehr von ihnen gehört hatte, versuchte er noch einmal, sie zu erreichen. Doch diesmal gab es nicht einmal ein Freizeichen für ihn, und langsam fing er an, sich Sorgen zu machen. Dennoch überwogen noch die Gedanken, dass es wahrscheinlich eine einfache Erklärung dafür gab. Auch seine Freundin beruhigte ihn und gab ihm recht, dass es mit Sicherheit eine simple Erklärung dafür gebe. Wie zum Beispiel ein kaputtes Telefon, ein spontaner Urlaub oder so etwas. Am frühen Abend versuchte Ben es erneut, aber auch da hatte er keinen Erfolg. So entschied er, sich zunächst keine zu großen Sorgen zu machen, aber an der Sache dranzubleiben und es die nächsten Tage wieder zu versuchen.

Simon hatte nicht bemerkt, dass das Telefon noch ausgesteckt war, als er von einem anstrengenden Arbeitstag nach Hause kam. Ihn plagten andere Gedanken und so saß er noch lange nach dem Essen am Tisch in der Küche und dachte über seine Situation nach. Was er früher als Dumme-Jungen-Scherz abgetan hatte, beschäftigte ihn nun doch stärker, und je mehr er über Michaels Verhalten an diesem Tag sowie die Neckereien der vergangenen Jahre nachdachte, desto mehr begann sich in ihm wieder dieser innere Druck breitzumachen. Es ließ ihm keine Ruhe und ging so weit, dass er in der Nacht wach im Bett lag und ständig daran denken musste. Das rächte sich am nächsten Morgen, man konnte ihm deutlich ansehen, dass die Nacht nicht erholsam für ihn gewesen war. Ein bleiches Gesicht mit tiefen Augenringen unter fettigem, wild zerzaustem Haar starrte ihn im Spiegel an. Auch sein psychischer Zustand hatte sich wieder verschlechtert. Simon spürte, dass ihn etwas wieder aus dem Gleichgewicht brachte und unzufrieden machte. Etwas, das an ihm zerrte und ihn aufforderte, was dagegen zu unternehmen. Etwas, das ihn zwang, das Gleichgewicht wieder herzustellen. Am besten sofort. Es fühlte sich wieder so an, als ob es in seinem Körper langsam zu eng würde.

Mit einem unguten Gefühl kam Simon bei der Arbeitsstelle an. Auf dem Weg zu seinem Platz beobachtete er Michael aus dem Augenwinkel. Was wollte Michael mit den Kommentaren über ihn eigentlich bezwecken? Wollte er ihn provozieren oder herausfordern? Ein leises Gelächter drang wieder aus der Gruppe, als Simon vorbeilief.

Simon versuchte sich in die Arbeit zu stürzen und sich von dem Scherz auf seine Kosten nicht ablenken zu lassen. Doch das hatte nur mäßigen Erfolg, es ließ ihm einfach keine Ruhe, und sich auf was anderes zu konzentrieren fiel ihm sehr schwer. Es kam ihm vor, als wenn es immer wärmer würde, und sein Gemütszustand verschlechterte sich zusehends. Mit einem Taschentuch wischte Simon sich die Schweißperlen von der Stirn. Es hatte keinen Sinn, das brachte ihn nicht weiter, und so beschloss er, mit Michael zu reden. So konnte es nicht weitergehen. Simon wollte ihn einfach bitten, es zu unterlassen, ihn weiterhin so anzugreifen. Vielleicht würde Michael dann erkennen, dass es für ihn kein Spaß mehr war.

In der Mittagspause verließen die meisten das Büro Richtung Kantine oder Pausenraum. Simon blieb wie so oft auf seinem Platz und aß dort seine Brote. Er beobachtete das Geschehen im Pausenraum genau und wartete auf einen Moment, in dem er mit Michael ungestört war. Oder wenigstens nicht so viele mit im Raum waren.

Kurz bevor die Mittagspause vorüber war, sah Simon seine Chance und lief in den Pausenraum. Diana saß noch am Tisch vor ihrem leeren Teller und hatte eine Tasse in der Hand. Simon hatte sie von seinem Platz aus nicht sehen können. Michael stand hinter Diana an der Spüle der kleinen Küche und schenkte sich einen Kaffee ein.

»Hallo Simon!«, sagte Diana, »sieht man dich, hier auch mal wieder?« Mit einem fröhlichen Lächeln blickte sie ihn an.

»Wenn ich so aussehen würde, würde ich mich auch nicht hier reintrauen«, kommentierte Michael das und lachte hämisch.

Diana entwich die Fröhlichkeit aus dem Gesicht und sie blickte beschämt auf ihren Teller. Das war schlimmer als ein Schlag ins Gesicht für Simon. Wie angewurzelt blieb er vor dem Eingang stehen. Er merkte, dass sich wieder etwas in ihm aufbaute und dass es unmöglich war, dagegen anzukämpfen. Es überrannte ihn einfach. Seine Hände fingen an zu zittern und eine maßlose Wut stieg in ihm auf. Michael, der sich keiner Schuld bewusst war, lief auf Simon zu, Richtung Ausgang. Wie konnte man so respektlos und skrupellos sein, ohne zu bedenken, was man dem anderen Menschen damit antat? Simon machte einen Schritt nach vorne, nahm das Messer von Diana, das noch auf dem Teller lag, packte mit der anderen Hand den vorbeilaufenden Michael am Kragen und drückte ihn an die Wand.

Michael flog die Tasse aus der Hand, und für einen kurzen Moment bildete der Kaffee ein starres, abstraktes Kunstwerk in der Luft, bevor die Tasse auf dem Boden zerschellte und Michaels Körper gegen die Wand schlug. Simon entwickelte eine enorme Kraft, der Michael zu seinem

Erstaunen nichts entgegenzusetzen hatte. Mit dem linken Ellenbogen drückte Simon seinen Kopf gegen die Wand. Michael versuchte sich irgendwie rauszuwinden, doch als er das Messer in Simons Hand sah, erstarrte sein Körper. Simon hielt ihm das Messer ganz knapp unter das linke Auge. Mit einem wilden Blick, den Kopf leicht zur Seite geneigt, starrte er Michael an. Wieder hätte Simons Gegenüber schwören können, dass seine Augen schwarz geworden waren. Simon ließ das Messer langsam nach unten wandern und drückte Michael die Klinge gegen die Wange. Es war nur noch ein kleiner Kraftaufwand nötig, um das Fleisch zu öffnen.

»Simon!«, gellte ein Schrei durch den Raum.

Er wandte den Kopf.

Diana stand aufgelöst neben ihrem Stuhl. Doch als sie Simons Gesicht sah, bekam sie es mit der Angst zu tun. Sie arbeiteten schon lange zusammen, doch so hatte sie ihn noch nie gesehen. Sie erkannte ihn kaum wieder, seine Gesichtszüge hatten sich verändert und seine Augen sahen böse aus.

»Tu ihm nichts«, sagte sie erschrocken.

Simon wandte sich wieder von ihr ab und flüsterte Michael ins Ohr:

»Wir können danach noch mal testen, wer der Hübschere ist!«

Er nahm das Messer von Michaels Wange

und holte aus. Mit hoher Geschwindigkeit traf die Klinge auf und bohrte sich ein, bis sie stecken blieb. Ein lauter Schrei von Diana begleitete die Aktion. Vor dem Pausenraum entstand schon eine Schlange von Personen, die von dem Geschrei angelockt worden waren. Sie bildeten eine Gasse, als Simon herauskam und langsam in Richtung Toilette ging.

Als der Erste in den Pausenraum blickte, sah er Diana zitternd neben dem Tisch stehen und auf Michael herabblicken, der auf dem Boden lag. Man konnte ihn leise wimmern hören.

Zirka eineinhalb Meter über Michael steckte ein Messer in der Wand.

Simon blieb lange auf der Toilette und wusch sich mit kaltem Wasser das Gesicht. Jetzt hatte er Michael gezeigt, dass er sich ändern musste und aufpassen sollte, wie er in Zukunft mit Menschen umging. Er war sogar noch gnädig gewesen und hatte ihm eine zweite Chance gegeben. Simon begann sich wieder besser zu fühlen. Doch als er wieder ins Büro trat, stand schon die Chefin im Gang und blickte ihn aus schmalen Augen an. Mit ihrem Stöckelschuh tippte sie gereizt auf den Boden, den linken Arm in die Hüfte gestemmt, mit dem anderen gab sie ihm zu verstehen, in ihr Büro zu kommen. Im Raum herrschte eine beklemmende Stille, man konnte nicht einmal hören, wie jemand die Tastatur benutzte. Michaels

Platz war leer und Simon ging voraus ins Chefbüro. Die Chefin folgte ihm und schloss die Tür hinter sich. Sie ging langsam zu ihrem Schreibtisch und blieb dort hinter ihrem Sessel stehen.

»Sind Sie jetzt komplett verrückt geworden? Haben Sie schon vergessen, was ich Ihnen gestern gesagt habe? Sie lassen mir keine ...«, begann sie zornig, doch Simon rief dazwischen:

»Seit Jahren werde ich von Michael schikaniert und gedemütigt. Heute habe ich mich gewehrt und ihm gezeigt, dass jetzt Schluss ist. Ich lasse mich nicht länger behandeln wie Abfall!«

Die Chefin war von der Aussage sichtlich überrascht, weil Simon sonst nur dastand und höchstens mit dem Kopf nickte.

»Wie gesagt, Sie lassen mir keine Wahl, das ist ein unakzeptables Verhalten, nehmen Sie Ihre Sachen und gehen Sie nach Hause. Sie sind gefeuert«, sagte sie abschließend.

Simon fühlte sich verraten. War die eine Aktion heute schlimmer als die jahrelange Mobberei, die er über sich ergehen lassen musste? Simon fand, dass das nicht so war, und versuchte der Chefin das rüberzubringen. Doch Frau Fritz ließ nicht mit sich reden.

»Mein Entschluss steht fest«, sagte sie scharf und deutete mit dem Finger auf den Ausgang.

Simon ging zu seinem Platz und fing an, seine persönlichen Sachen einzupacken. Immer noch herrschte absolute Ruhe im Büro, alle Blicke waren auf die Bildschirme gerichtet. Das machte Simon verrückt. Alle hatten sie mitbekommen, dass ihm jahrelang Unrecht getan wurde und *er* eigentlich das Opfer war. Jetzt taten sie so, als ob nie jemand etwas mitbekommen hätte und Simon der Schuldige wäre. Für ihn war die Aktion mit Michael die logische Konsequenz aus allem, sich aus dem Kreislauf der Erniedrigungen rauszubefördern und sich Respekt zu verschaffen. Selbst die Chefin interessierte sich nicht dafür, was davor passiert war. Sie hatte ihm nicht einmal zugehört.

Simon stand auf und stellte sich in den Gang, der durch das Büro führte, darauf wartend, dass jemand etwas sagte. Allerdings taten alle so, als ob sie ihn nicht wahrnähmen. Dabei wusste Simon, jeder im Raum interessierte sich dafür, jeder beobachtete ihn heimlich und wartete darauf, was passieren würde.

Nun gut, das konnten sie haben.

Simon trat an seinen Schreibtisch, nahm den Monitor von dem Tisch auf und schmiss ihn in den Gang auf den Boden. Der Kunststoff brach und das Glas barst. Jetzt hatte Simon ihre volle Aufmerksamkeit, einige in der Nähe des Aufschlags sprangen zur Seite, und in den hinteren Reihen standen ein paar Leute auf, um besser sehen zu können. Simon nahm seine Box mit seinem privaten Besitz und schlenderte Richtung Ausgang. Eine gewisse Genugtuung war dadurch schon erreicht, jedoch stand Simon immer noch unter Strom, wütend über die Ungerechtigkeit, die ihm widerfahren war.

Auf dem Weg nach Hause steigerte sich Simon wieder immer weiter das Erlebte hinein. Es wurde ihm immer unverständlicher, wieso sie ihn bestraften und Michael nun das Opfer war. Zu Hause lief er ziellos durch die Wohnung und merkte, wie die innere Unruhe von ihm Besitz ergriff. Es war doch klar, dass man gegen solche Menschen auch drastischere Maßnahmen ergreifen musste, damit sie überhaupt zuhörten. Er wollte ja auch zuerst mit Michael reden, doch der ließ ihm gar kein Chance dazu. Simon fühlte sich immer mehr unverstanden und hintergangen. Die Anspannung in ihm wuchs heran und er ballte seine Hände zu Fäusten vor Zorn, als sich ein Bekannter zu Wort meldete.

»Du wurdest verraten, Simon, Menschen, die deine Freunde waren, sind dir in den Rücken gefallen!«

Die Stimme war wieder da. Simon erschrak kurz, doch war sie ihm schon vertraut.

»Diana hat dich alleine gelassen und dein Peiniger wird jetzt als Märtyrer gefeiert. Du wolltest nur das Gleichgewicht wieder herstellen und als

Dank dafür wirst du bespuckt und rausgeworfen!«

Simon setzte sich auf die Couch und legte seine Hände um den gesenkten Kopf. Je mehr er darüber nachdachte, desto klarer wurde es ihm.

»Wir sind jetzt nur noch zu zweit, Simon, du hast niemanden außer mir und wir müssen uns gegen die Ungerechtigkeit wehren«, sagte die Stimme nun deutlicher.

»Was soll ich tun?«, fragte Simon verzweifelt.

»Du *weißt*, was zu tun ist.«

Simon hob den Kopf. Plötzlich wurde es ihm klar. Er musste die Person, die für seine Situation verantwortlich war, zur Rechenschaft ziehen. Sie hätte das verhindern können, doch stattdessen hatte sie ihm die Schuld gegeben. Und Simon wusste auch, wo Frau Fritz wohnte. Absolut überzeugt stand er auf, nahm seinen Schlüssel und setzte sich in sein Auto.

Das Haus seiner Chefin war nur etwa zehn Fahrminuten von seinem entfernt. Simon hatte einmal in einem Gespräch mitbekommen, wo sie wohnte, und als er zufällig in der Gegend war, interessierte es ihn, in was für einem Haus sie lebte. Er kannte also ihr Haus und machte sich auf den Weg dorthin.

Wie so oft zu dieser Jahreszeit regnete es und die dichten Wolken ließen keine Sonnenstrahlen durch. Simon parkte das Auto ein paar Meter versetzt auf der anderen Straßenseite vom Haus seiner Chefin, sodass er den Eingang beobachten konnte. Frau Fritz musste noch auf der Arbeit sein und Simon hatte vor, auf sie zu warten. Ihm war jedoch nicht bekannt, ob sie alleine lebte oder einen Mann hatte. So entschied er sich, unter einem Vorwand an der Tür zu klingeln, um zu kontrollieren, ob doch noch jemand im Haus war.

Ihm kam die Idee, so zu tun, als hätte er die Hausnummer verwechselt. Doch es war nicht vonnöten, jemanden zu belügen, denn es öffnete niemand. Nun entging ihm, von seinem Auto aus, niemand, der das Haus betrat. Mit der Zeit verebbte seine Wut, doch etwas erinnerte ihn sofort wieder an die Beleidigungen und Ungerechtigkeiten, sobald in ihm Zweifel aufkamen.

Es dauerte einige Stunden, bevor sich etwas tat. Dann parkte Frau Fritz vor dem Haus und sprintete durch den Regen zur Tür. Allein der Anblick seiner Ex-Chefin ließ Simons Blutdruck steigen. Er stieg aus und folgte ihr zur Tür. Einen Moment lang überkamen ihn Zweifel, bevor er die Klingel drückte. Ihm war noch gar nicht klar, was er eigentlich sagen wollte. Irgendwie war Simon aus einem Instinkt heraus da gelandet, wo er nun stand.

Die Tür ging auf und eine um die Augen herum etwas verschmierte Frau Fritz stand im Türrahmen. Ihr aufgesetztes Lächeln verschwand sofort, als sie erkannte, wer vor ihr stand.

»Woher wissen Sie, wo ich wohne? Was fällt Ihnen ein, zu mir nach Hause zu kommen?«, fragte sie scharf.

Simon war schon ziemlich durchnässt und seine lichten Haare hingen platt herunter.

»Ich muss mit Ihnen reden. Ich finde, Sie haben nicht die richtige Entscheidung getroffen und den falschen bestraft!«

»Ich habe genau die richtige Entscheidung getroffen und Sie können froh sein, dass ich so eine inkompetente Person überhaupt so lange beschäftigt habe. Und jetzt verschwinden Sie, sonst rufe ich die Polizei!«, erwiderte sie und wollte die Tür schließen.

Simons Blut fing wieder an zu kochen und seine Wut stieg ins Unermessliche. Sie trat ihm sofort aggressiv gegenüber und versuchte seine Interessen im Keim zu ersticken. Blitzschnell stellte er den Fuß in die Tür. Mit der Schulter drückte er dagegen und griff mit dem Arm nach ihr. Sie fing panisch an zu schreien und Simon, bereits im Vorraum, versuchte ihr den Mund zuzuhalten. Sie nahm das als Chance, sich zu wehren, und biss ihn, so fest sie konnte, zwischen Daumen und Zeigefinger. Simon merkte, wie ihre Zähne in seine Haut eindrangen. Mit der linken Hand tastete er nach dem Nächstbesten, was ihm zwischen die Finger kam. Es war eine kleine Schale auf einer Kommode, in der die Schlüssel aufbewahrt wurden. Mit vollem Schwung knallte die Schale auf den Kopf von Frau Fritz, die sofort unsanft zu Boden ging. Die Schale zersprang in viele Einzelteile, als sie auf den Kopf traf, und etwas Blut spritzte heraus. Dann war es still. Das Einzige, was noch zu hören war, war der Regen, der draußen auf den Boden prasselte.

Simon stand für einen kurzen Augenblick regungslos über dem Körper und blickte auf ihn herab. Aus seiner rechten Hand lief das Blut aus der Bisswunde und tropfte zu Boden. So konnte er das Aufeinandertreffen nicht auf sich beruhen lassen. Ihm ging es nicht darum, seinen Job wiederzubekommen. Simon hatte ihr nur seine Sicht der Dinge erläutern wollen und gehofft, sie würde ihre Meinung ändern. Doch sie gab ihm wieder keine Chance, sich zu erklären, sondern ignorierte und verspottete ihn – und damit war für Simon jetzt Schluss. Schon sein ganzes Leben lang lebte er nur von den Brocken, die ihm andere Menschen hinwarfen. In Simons Augen war sie selbst daran schuld und das nun das Ergebnis. Nur begriffen hatte sie es immer noch nicht, dachte er und kam zu dem Schluss, sie mitzunehmen. Denn vielleicht hatte sie doch einen Mann, der erst später kam, oder Freunde, die vorbeikommen wollten. Allerdings war es für ihn nur schwer vorstellbar, dass sie Freunde, geschweige denn einen Mann hatte.

Simon schloss die Eingangstür, die noch einen Spalt weit offen stand. Er ging in die Küche, spülte sich die Wunde mit kaltem Wasser ab und verband sie provisorisch mit einem Geschirrtuch. Als Nächstes sammelte er die Scherben der kleinen Schale ein, steckte sie in seine Manteltasche und putzte das Blut vom Boden. Die größte Herausforderung bestand darin, den Körper unauffällig in seinen Wagen zu schaffen. Klischeehaft fiel ihm die Taktik der Mafia ein. Zumindest so, wie man sie aus dem Fernsehen kannte. Also wickelte er sie in einen Teppich ein, der im Wohnzimmer lag.

Draußen vor der Eingangstür befand sich ein Aschenbecher. Wahrscheinlich wollte Frau Fritz nicht in der Wohnung rauchen und ging dafür immer vor die Tür. Simon wandte einen Trick an, den sie als Kinder im Heim nutzten, um nachts die Tür zu ihren Schlafräumen offen zu halten. Er presste einen der Zigarettenstummel in das Schloss, sodass der Riegel nicht einrasten konnte, und zog die Tür zu. Im nächsten Schritt parkte er sein Auto direkt hinter ihrem, um den Weg zu verkürzen. Es regnete immer noch in Strömen und es war kein Mensch auf der Straße zu sehen. Doch es war eine dicht besiedelte Gegend, in der man aus den Nachbarhäusern eine gute Sicht auf das Geschehen hatte. Simon klingelte an der Tür und trat nach kurzer Wartezeit ein. Falls ihn jemand beobachtete, sollte es so aussehen, als wenn sie ihm geöffnet hätte und er einfach jemand sei, der einen Teppich abholte. Simon nahm den Teppich, in dem die Frau eingewickelt war, auf die rechte Schulter und ging hinaus. Noch ein Gruß zum Abschied in den leeren Raum machte die Inszenierung perfekt. Unauffällig entfernte er den Zigarettenstummel wieder und zog den Riegel ins Schloss. Etwas unsanft wurde dann der Teppich auf die Rückbank geworfen, bevor das Auto im Regen verschwand.

Von diesem Regen fasziniert war auch Ben, der mal wieder über seinen Büchern saß und abgelenkt aus dem Fenster blickte.

»Schatz, Essen ist fertig!«, rief Mila aus der Küche. Das riss Ben aus seiner Träumerei. An einem kleinen Tisch saßen die beiden und aßen zu Abend. Dabei lief fast immer der Fernseher. Manchmal extra Sendungen mit nur einem geringen Niveau, um einen Kontrast zu dem ewigen Lernen zu haben und mal abschalten zu können. Allerdings machte sich Ben zunehmend Sorgen um seine Eltern. Selbst Mila wunderte sich allmählich, wieso keiner von beiden zu sprechen war. Sie hatten schon einige Male darüber gesprochen und waren bis jetzt immer zu dem Schluss gekommen, noch etwas zu warten und es später noch einmal zu versuchen. Es würde schon nichts Schlimmes passiert sein.

Auch an diesem Abend rief Ben seine Eltern an. Doch wieder war nur das Freizeichen zu hören. Mit einem schlechten Gefühl im Bauch beschloss Ben, in den nächsten Tagen in seinem Elternhaus mal nach dem Rechten zu schauen.

Kapitel 5

Außer Kontrolle

Die Augen öffneten sich. Es dauerte einen Moment, bis sie sich an das Licht gewöhnt hatten. Frau Fritz erkannte nun, dass sie sich in einer Küche befand, die komplett mit Folie ausgelegt war. Ein kleines beigefarbenes Radio stand auf der Küchenzeile, aus dem klassische Musik tönte. Ihr Kopf tat weh und ihre Arme und Beine waren mit Klebeband an dem Stuhl fixiert, auf dem sie saß. Auch über ihren Mund war ein Klebestreifen gezogen, sodass sie nicht um Hilfe rufen konnte. Entsetzt versuchte sie sich aus ihrer Lage zu befreien. Sie bemerkte einen eigenartigen Eisengeschmack in ihrem Mund und erinnerte sich wieder daran, dass sie zuletzt Simon in die Hand gebissen hatte, als der auf sie losgegangen war. Er musste also hinter all dem stecken. Sie probierte so heftig, sich aus der misslichen Lage zu befreien, dass der Stuhl mit ihr umfiel und hart auf den Fliesenboden knallte. Beinahe hätte sie wieder das Bewusstsein verloren. Doch mit verschwommenem Blick erkannte sie, wie zwei dreckige Stiefel vor ihrem Kopf stehen blieben, und spürte, wie sie wieder aufgerichtet wurde. Sie konnte nur eine Silhouette erkennen, die auch gleich wieder den Raum verließ. Ihr Kopf taumelte benommen umher, durch Blinzeln versuchte sie den Blick wieder klar zu bekommen und erkannte nun, dass etwas vor ihr auf dem Tisch lag.

Als sie sah, was es war, beschleunigte sich ihr Herzschlag. Eine Zange, einen Zimmermannshammer und zwei große Nägel hatte die Person da hingelegt. Durch das Knarren der Dielen konnte man hören, wie jemand durch das Haus lief, bis die Person schließlich in die Küche kam. Sie hatte einen gelben Schutzanzug an und legte einen Helm mit Visier auf den Tisch, bevor er sich ihr widmete.

Es war Simon. Sein Gesicht war von tiefen Falten zerfurcht und sah verbissen aus. Das grelle Licht der Küche schönte nichts. Er nahm einen Stuhl und setzte sich ihr gegenüber.

»Das hätte nie so weit kommen müssen, ich wollte nur, dass Sie sich meine Version der Geschichte anhören. Dann hätten Sie erkannt, wer im Recht ist. Doch stattdessen tun Sie das, was alle tun, und gehen den Weg des vermeintlich geringsten Widerstands, ohne Rücksicht auf Verluste!« Er beugte sich zu ihr vor und fügte hinzu: »Damit ist jetzt Schluss!«

Nachdem ihm die Worte über die Lippen gegangen waren, sah sie einen schwarzer Schleier über Simons Augen wandern. Erschrocken zuckte sie zurück. Er nahm den Klebestreifen von ihrem Mund. Zuerst spuckte sie eine blutige Masse in Simons Gesicht. In Rage fing sie auch gleich an zu wettern:

»Sind Sie eigentlich von allen guten Geistern verlassen? Was tun Sie hier? Wenn Sie mich nicht sofort losmachen, werden Sie das bereuen!«

Simon wischte sich mit der Hand das Blut aus dem Gesicht und klebte ihr den Mund wieder zu. Es hatte keinen Sinn, selbst jetzt hörte sie ihm nicht zu. Frau Fritz versuchte weiter ihre Meinung zu äußern und zappelte nun auf dem Stuhl hin und her. Wegen dem Klebestreifen konnte man jedoch nur ein dumpfes Gemurmel hören. Simon stand auf und holte ein Messer aus dem Block, der neben der Spüle stand, und setzte sich ihr wieder gegenüber. Ihre Aktionen wurden wieder ruhiger, doch ihre Atmung hörbar schneller und die Pupillen weiteten sich enorm. Sie hatte Angst davor, was Simon mit dem Messer vorhatte. Doch völlig überraschend schnitt er das Band durch, das ihren Arm an der linken Stuhllehne festhielt. Damit hatte sie nicht gerechnet, auch wenn sie es ihm befohlen hatte. Einen kurzen Moment lang hatte sie die Hoffnung, nun aus der Situation glimpflich herauszukommen. Doch kurz nachdem ihr Arm befreit war, packte Simon sie mit einem festen Griff am Handgelenk und zog sie an den Tisch heran. Sie versuchte sich zu wehren, konnte jedoch nichts ausrichten, und auch die Hoffnung, alles überstanden zu haben, verpuffte sofort. Mit einer Hand drückte Simon ihren Arm auf den Tisch und fixierte ihn. Mit der anderen nahm er einen der Nägel auf und rammte ihn ihr mit voller Kraft durch die Hand. Mit Leichtigkeit bohrte der sich durch Haut und Knochen, sodass ihn erst der Widerstand des Holztisches zum Stoppen brachte. Die Chefin schrie vor Schmerzen in das Klebeband. Ihr Gesicht lief rot an und ihr Herz pumpte auf Hochtouren. Simon hielt den Arm immer noch fest und griff nun nach dem Hammer, um den Nagel durch den Tisch zu treiben. Bei jedem Aufprall des Hammers auf den Nagel durchzog Frau Fritz ein extremer Schmerz. Das Blut lief aus der Wunde zum Rand des Tisches, wo es kurz dem runden Verlauf folgte, bevor es zu Boden tropfte. Simon war außer sich vor Wut wegen der Arroganz, die sie selbst in dieser Situation an den Tag legte. Das war unmöglich und musste eine Bestrafung nach sich ziehen, damit sie endlich erkannte, was sie angerichtet hatte. Der Nagel ragte nun schon etwas unten aus der Tischplatte heraus, bevor Simon den Hammer zur Seite legte und mit der Zange das herausstehende Ende so umbog, dass man den Nagel nicht mehr rausziehen konnte. Frau Fritz hatte kaum noch Kraft, dem Geschehen zu folgen. Als Simon den anderen Arm losmachte, unternahm sie noch mal einen schwachen Versuch, sich zu wehren. Doch als der andere Nagel ihre Hand durchbohrte, verlor sie das Bewusstsein. Das Letzte, was sie mitbekam, war das etwas schräge Klingeln des Telefons im Hintergrund, das sie begleitete, bis es dunkel vor ihren Augen wurde und ihr Kopf auf den Tisch sank.

Nie wäre Ben in den Sinn gekommen, dass bei der Auflösung des Rätsels sein Vater den bösen Part verkörpern würde. Der so von Hass getrieben und in Rage überhaupt nicht mitbekam, dass das Telefon läutete. Wie viele Jahre hatte man ihn schikaniert und ausgenutzt! Wie viele Jahre wurde er verspottet und auf ihm herumgetrampelt! Doch selbst in solchen beängstigenden Situationen wichen die Menschen nicht von ihrem Kurs ab, weil sie schon so festgefahren waren und selbst gefesselt und geknebelt ihm gegenüber dominant auftraten. Das konnte Simon nicht mehr ertragen. Es war einfach zu viel geworden. In ihm war kein Platz mehr für Hass, und nun suchte sich der Hass ein Ventil. Wie in einem Dampfkessel, der immer weiter aufgeheizt wird, bis der Druck schließlich das schwächste Teil der Konstruktion zum Bersten bringt. Natürlich plagten Simon leise Gewissensbisse, die immer lauter riefen, je ruhiger und nachdenklicher er wurde. Doch sobald ihm wieder die alten Geschehnisse in den Sinn kamen, schien ihn etwas zum Handeln zu zwingen. Etwas, das stärker war als er. Etwas Gutes, das auf seiner Seite war und ihm half, diesen inneren Druck abzubauen, der so unerträglich angestiegen war. Als würde er auf neue Befehle warten, saß Simon regungslos auf dem Stuhl gegenüber dem Körper der Frau. Leise Musik begleitete die Szene: die Frau mit den durch ihre Hände getriebenen Nägeln und der Mann, der im gelben Anzug in einer mit Folie ausgekleideten Küche saß. Das Blut, das aus den Händen der Frau lief, hatte nun schon eine größere Lache gebildet und tropfte auf Simons linkes Bein.

Der Kopf von Frau Fritz bewegte sich. Mühsam setzte sie sich wieder aufrecht auf den Stuhl. Ihre Schminke war zerlaufen und der linke Teil ihrer Haare lag im Blut. Ihre Hände waren fast schwarz geworden von dem Blut, das schon getrocknet war. Sie war doch länger bewusstlos gewesen und rückte nun mit dem Stuhl näher an den Tisch heran, damit ihre Arme nicht so unter Spannung standen. Auch durch das Klebeband auf ihrem Mund hörte man, dass sie Schmerzen hatte, und trotzdem drang zwischendrin immer wieder ein Lachen heraus.

Simon beugte sich zu ihr rüber und entfernte das Klebeband.

Mit einem schiefen Grinsen fragte sie: »Was glaubst du, was du hier tust? Denkst du, ich habe jetzt Angst vor dir? Denkst du, das ändert auch nur das Geringste an meiner Meinung über dich?« Sie blickte Simon herablassend an und fügte, jede Silbe betonend, hinzu: »Für mich bist du ein Niemand und ich hoffe, du schmorst in der Hölle.«

Simon stand hastig auf und nahm den Hammer vom Tisch. Er holte weit aus und der schwere, stumpfe Hammerkopf knallte mit enormer Kraft auf den Unterarm der Frau. Der Knochen explodierte förmlich im Inneren des Arms in hunderte winzige Splitter, die sich ringsherum in ihr Fleisch bohrten. Die Schmerzen waren groß und ihr Körper nur mit Anstrengung bei Bewusstsein zu halten. Eine Schutzfunktion des Gehirns, um sich vor Überlastung durch einkommende Impulse zu schützen. Simon hatte vergessen, den Klebestreifen wieder über ihren Mund zu ziehen, doch das machte kaum einen Unterschied, denn die Frau war einfach zu schwach, um noch einen lauten Schrei von sich zu geben. Durch die Wucht des Schlages sackte sie vom Stuhl in die Knie. Die Wunden an den Händen rissen dabei wieder auf, da diese nun einen Teil des Körpergewichtes tragen mussten, und frisches Blut lief über das schon teilweise getrocknete hinweg. Der getroffene Unterarm war innerhalb von Sekunden angeschwollen und man konnte gut erkennen, wo der Bruch war, denn der Verlauf des Armes machte einen unnatürlichen Knick in Richtung Oberarm. Ihr Kopf hing kraftlos herab. Sie weinte leise und versuchte mit tiefen Atemzügen, sich zu beruhigen.

Simon stand immer noch neben dem Tisch mit dem Hammer in der Hand. Plötzlich fing sie an zu flüstern:

»Ich habe ja schon viele Versager getroffen in meinem Leben, aber du bist mit Abstand der größte!« Sie hob zitternd den Kopf. »Warst du schon von Geburt an so erbärmlich oder bist du das erst später geworden? Kein Wunder, dass dich niemand leiden kann!«

Simons Hand fing an zu beben, die Wut schoss aus ihm heraus.

»Sei still!«, schrie er.

»Ich wette, nicht einmal deine Eltern hielten es mit dir aus!«

Simon hatte nun keine Gewalt mehr über seinen Körper, sein Bewusstsein zog sich zurück und etwas anderes übernahm die Kontrolle. Es holte seitlich mit dem Hammer aus und zog voll durch. Das spitze Ende traf die Frau an der Schläfe und drang mit Leichtigkeit in ihren Kopf ein. Das Blut spritzte einen Moment aus der Wunde heraus, bis der Hammer so tief drinsteckte, dass er die Wunde wieder verschloss und nur noch ein Rinnsal am Hals der Frau hinunterlief.

Sofort entwich jegliches Leben aus ihrem Körper, der jetzt nur noch von den Nägeln gehalten wurde. Starr stand Simon daneben. Das war nicht seine Absicht gewesen, er hatte ihr eigentlich nur zeigen wollen, was sie falsch gemacht hatte, und gehofft, sie schlussendlich zur Einsicht zu bringen. Nun hatte er ihr das Leben genommen, ohne dass sie sich einer Schuld bewusst war. Sie starb aus Überzeugung. Doch eigentlich sollte sie ihn um Vergebung bitten und ihm recht geben.

Plötzlich schlichen sich Zweifel ein, ob er das Richtige tat und ob die Richtung, in die es ihn leitete, nicht die falsche war. Simon war durcheinander und sauer. Er nahm einen Stuhl und schleuderte ihn gegen die Wand. Mit dem rechten Arm räumte er die Küchenzeile ab und fegte alles auf den Boden. Es dauerte eine Weile, bis in ihm langsam wieder Ruhe einkehrte. Das hatte ihn alles viel Kraft gekostet. Er musste sich am Kühlschrank abstützen, um sich aufrecht zu halten. Was war nur mit ihm los? Ein Monster war aus ihm geworden. Wieso konnte er nicht einfach ein Leben führen wie alle anderen? Ein Zittern durchrann seinen Körper und Simon fing an zu weinen. Wie konnte es nur so weit kommen? Die Schuldgefühle zerfraßen ihn von innen. Seine

Beine hielten der Last nun nicht mehr stand und sackten mit ihm zu Boden.

Doch es war bereits zu spät, der Teil, der ihn dazu brachte, war bereits zu stark geworden, und so waren die klaren Momente nur noch eine Seltenheit. Zusammengekauert verließ ihn das Bewusstsein.

Was danach folgte, war wie ein böser Traum. Simon konnte nicht atmen und alles um ihn herum war pechschwarz geworden. Plötzlich war es eiskalt. Nur ein kleiner heller Punkt befand sich weit über seinem Kopf. Dieser schimmerte verzerrt in sein Gesicht, und obwohl es nur die letzten Ausläufer des Lichts waren, erfüllten sie ihn mit Wärme. Sofort versuchte Simon zu dem Licht zu gelangen, doch wie ein klebriger Sirup legte sich die Dunkelheit um ihn. Mit aller Kraft versuchte er dagegen anzukämpfen und bahnte sich langsam seinen Weg nach oben. Das Licht wurde immer größer und es tat so gut, wie es ihn im Gesicht kitzelte und ihm die Wärme zurückgab, die ihm die Dunkelheit entzogen hatte. Der Widerstand wurde auch immer geringer und es fühlte sich nun fast so an, als ob er in einem tiefen See an die Oberfläche schwämme. Alles um ihn herum erfüllte sich mit Licht und euphorisch ruderte er weiter. Es war fast geschafft, das Licht war schon zum Greifen nah, und Simon konnte den tiefen Atemzug, der ihm bevorstand, kaum noch erwarten.

Doch im letzten Moment, bevor er die Oberfläche erreichte, packte ihn etwas am Fuß. Hektisch versuchte Simon, die letzten Zentimeter noch zu überwinden. Ein dunkler Faden folgte ihm aus der Tiefe nach oben und umklammerte seinen Fuß. Es war so kalt an der Stelle, an dem der Faden seinen Fuß festhielt, dass es schon weh tat und der Schmerz langsam an seinem Knie hochkletterte. Simon schrie die letzte Luft aus sich heraus, jedoch nicht nur vor Schmerzen, sondern vor allem, weil es ihn so knapp vor dem Ziel festhielt und er verzweifelt alles versuchte, um ans Licht zu kommen. Doch das Dunkle war noch nicht fertig mit ihm und holte ihn wieder zu sich. Das Licht wurde wieder kleiner und um ihn herum nahm die Kälte wieder zu. Als letzte Verzweiflungstat streckte er die Hand aus, um der Wärme noch ein Stück näher zu sein, bevor das Licht ganz erlosch. Seine Haut brannte vor Kälte und kurz vor der Bewusstlosigkeit öffnete sein Köper aus Reflex den Weg zu seinen Lungen, in der Hoffnung, doch noch Sauerstoff zu bekommen. Die Kälte schoss in seinen Körper, als hätte sie vor seinem Mund nur darauf gewartet. Seine Augen waren leicht geöffnet, immer noch nach oben blickend, wo einmal das Licht funkelte. Ein letztes Zucken durchzog seinen Körper. Schwerelos trieb es ihn durch das Dunkel.

Plötzlich wieder Licht, das gegen sein Augenlid schien. Simon riss die Augen auf, er lag wieder in seiner Küche am Boden vor dem Kühlschrank. Doch etwas war immer noch in seinem Körper. Simon richtete sich auf und würgte es heraus. Eine dicke schwarze Brühe lief aus seinem Mund auf die Plastikfolie. Plötzlich waren alle Zweifel wieder beseitigt. Er hob seinen Kopf und blickte auf die Frauenleiche, die noch immer an dem Tisch hing. Ihm war wieder klar, was zu tun war. Entschlossen und ohne jeden Selbstzweifel, wie mit einem neu aufgeladenen Akku, machte er sich an die Beseitigung der Leiche. Die klassische Musik im Radio drehte er lauter, bevor der Motor der kleinen Kettensäge aufheulte, um den Kampf gegen Knochen, Fleisch und Sehnen aufzunehmen. Simon ging immer nach demselben Schema vor. Zuerst kam die Portionierung, damit die einzelnen Körperteile leichter zu verstauen waren. Danach folgte das Einpacken der abgetrennten Teile, um nicht alles mit Blut vollzuschmieren. Zum Schluss dann das Saubermachen und die Entsorgung von Blut und Fleischresten.

Nach dem Zerkleinern merkte Simon jedoch, dass in der Gefriertruhe in dem Kämmerchen nicht mehr genug Platz war für den ganzen Körper von Frau Fritz. Der dürre Nachbar hatte nun wirklich nicht viel Platz benötigt, und wenn Maggie nur ein bisschen weniger fett gewesen wäre, hätte alles gepasst. Simon packte alles so ein, dass es keine Hohlräume gab, und trotzdem blieben ein Fuß und ein Arm übrig. Doch wie er es anstellte, es war kein Platz mehr in der Kühltruhe, sie war sogar so voll, dass sie einen Spalt offen stand. Doch im Kühlschrank befand sich ebenfalls ein kleines Gefrierfach. Also wurde der Fuß dort hineingesteckt, der Arm jedoch war immer noch zu lang. Nach kurzem Überlegen nahm Simon ihn in beide Hände und brach ihn wie einen Zweig auf seinem Oberschenkel durch. Es war ein scheußliches Geräusch. Durch den Bruch bohrte sich ein spitzer Teil des Knochens durch die Plastiktüte und stand heraus. Simon stopfte den Knochen zu dem Fuß in das Gefrierfach. Schon seit ein paar Wochen war die Tür des Fachs kaputt und so musste er aufpassen, dass der Arm von alleine drinnen blieb. Nun fehlte nur noch das Aufräumen. Simon putzte die Werkzeuge und den Tisch gründlich ab. Dann löste er auf einer Seite die Plastikfolie, die eigentlich zum Malen gedacht war, und stellte die sauberen Sachen dahinter. Als Nächstes entblößte Simon sich selber bis auf die Unterhose und stellte sich ebenfalls außerhalb der Folie auf. Nach und nach löste er dann von außen die Klebestreifen, die die Folie spannten, sodass sich in der Mitte eine große Pfütze mit Blut bildete. So gelang es ihm, ohne groß alles zu verschmieren, die blutigen Überreste nach oben ins Bad zu bringen. Es erinnerte an einen Beutel, den man bekam, wenn man einen Goldfisch kaufte. Nur dass es rot war und keine Fische, sondern Fleischfetzen darin herumschwammen. Da es ihm unangenehm war, die gröberen Stücke nach dem Ablassen aus dem Abfluss zu sammeln, stach er ein Loch in den Boden des Beutels und ließ das Blut vorher durch ein Sieb laufen. Dann spülte er in der Wanne alles sauber, bis man keinen Blutflecken mehr erkennen konnte, und entsorgte die Folie mit dem Anzug im Müll, bevor er sich selber duschte.

Es war schon wieder spät in der Nacht, als Simon damit fertig wurde und erschöpft ins Bett fiel. Doch von Schlaf konnte man nicht reden, dafür war sein Inneres zu aufgewühlt. Ihm wäre es einiges wert gewesen, einmal für fünf Minuten innere Ruhe spüren zu können. Doch die Stimme in seinem Kopf wurde immer lauter, je ruhiger es um ihn herum wurde. Wie unter Hypnose blieb ihm nichts anderes übrig, als zuzuhören. Zu schwach war Simon, um sich noch einmal aufzuraffen und sich mit irgendetwas abzulenken, damit die Stimme wieder leiser wurde. So lag er regungslos im Bett und starrte an die Decke, während die flüsternde Stimme zischend auf ihn einredete.

»Sie haben es verdient, das hast du gut gemacht, wir dürfen nur keine Schwäche zeigen, denn ab jetzt gibt es nur noch dich und mich!«

Und so wiederholte sie ihre Botschaft ein ums andere Mal bis in die frühen Morgenstunden.

Erst durch ein langes, penetrantes Klingeln wurde Simon aus seiner Trance gerissen. Jemand war an der Tür. Wer konnte das sein?

Simon richtete sich langsam auf und zog sich einen Bademantel über, sehr gemächlich, in der Hoffnung, der Besucher würde sein Vorhaben wieder aufgeben, welcher jedoch ziemlich hartnäckig war und im Sekundentakt auf den Knopf drückte. Aus Simons Interesse wurde langsam Wut. Wie konnte man jemanden so früh am Morgen schon so belästigen? Er lief zur Tür und öffnete sie stürmisch. »Was!«, rief er dem Klingelnden entgegen.

Ein Mann mittleren Alters stand vor der Eingangstür. Gepflegt, gut gekleidet, einen Hut zum Schutz gegen den Nieselregen tief ins Gesicht gezogen.

»Sind Sie Simon?«, fragte er mit ruhiger, bestimmter Stimme.

»Ja, was wollen Sie?«, antwortete Simon ernst.

Der Mann holte mit seiner rechten Hand einen Ausweis aus seiner Jackentasche und hielt ihn hoch.

»Ich bin Hauptkommissar Scott Bane und ich bin hier, weil ich Ihnen ein paar Fragen stellen möchte zu dem Aufenthaltsort von Lidia Fritz, Ihrer ehemaligen Chefin.«

Simons Beine wurden plötzlich ganz schwach und er konnte sich nur mit Anstrengung noch aufrecht halten. Auch wurde ihm auf einmal ganz warm und sein Kopf bekam einen roten Stich.

»Ist alles in Ordnung bei Ihnen?«, fragte der Polizist nach einem kurzen stillen Moment und hob den Hut an, sodass Simon ihn das erste Mal richtig erkennen konnte.

Bane hatte ein strenges Gesicht mit kantigem Kinn und glänzenden Augen.

»Darf ich kurz reinkommen?«, fragte Bane, doch ohne auf eine Antwort zu warten, trat er schon auf Simon zu, der im Türrahmen stand. Simon zögerte kurz, nickte dann und ging zur Seite.

Scott Bane putzte sich die Schuhe auf der Matte ab, bevor er eintrat, und nahm den Hut in die Hand. Interessiert lief der Polizist durch das Wohnzimmer und blickte durch das Fenster in den Garten, bevor er sich Simon wieder zuwandte, der immer noch am Eingang stand.

»Wissen Sie, wo sich Frau Fritz zurzeit aufhält?«

Simon verschränkte die Arme. »Nein, ich habe keine Ahnung.«

»Stimmt es, dass Sie im Büro eine Auseinandersetzung miteinander hatten?«, fragte der Polizist und drehte dabei seinen Hut auf der Hand umher.

Simon lehnte sich mit verschränkten Armen an die Wand.

»Sie hat mich entlassen, niemand wäre da sonderlich begeistert gewesen.«

Scott Bane nickte und ging langsam auf Simon zu, bis er knapp vor ihm stehen blieb und mit forschendem Blick fragte: »Weshalb wurden Sie denn gekündigt?«

Lässig antwortete Simon: »Ich hatte eine kleine Meinungsverschiedenheit mit einem Kollegen.«

Simon merkte, wie der Polizist versuchte, aus seinen Reaktionen zu lesen. Genau beobachtete er ihn, sobald seine Fragen ausgesprochen waren.

»So nennt man das heutzutage, wenn man mit dem Messer auf jemanden losgeht? Eine Meinungsverschiedenheit?«, konterte Bane.

Nach einem kurzen Moment des Schweigens fing der Polizist an zu husten.

»Dürfte ich vielleicht ein Glas Wasser haben?«

Simon nickte und ging in die Küche. Dort öffnete er den Kühlschrank, um eine Flasche Wasser herauszuholen. Der Knochen eines Unterarmes ragte aus dem Gefrierfach, als plötzlich die Stimme des Polizisten hinter ihm zu hören war. Simon knallte die Tür zu und drehte sich schnell um.

Scott Bane war ihm zur Küche gefolgt und stand nun im Türrahmen. Simon bemerkte, dass seine letzten Bewegungen etwas auffällig gewesen waren, und so versuchte er davon abzulenken: »Ich hab leider nur noch Leitungswasser.«

Bane betrat nun die Küche und drehte wieder spielerisch an seinem Hut herum. Mit wachem Blick erkundete er die Umgebung.

»Das macht nichts«, erwiderte er.

Simon bemerkte, dass die zwei Löcher, die in dem Küchentisch waren, die Aufmerksamkeit des Polizisten auf sich zogen. Der hielt kurz inne und fuhr mit den Fingern darüber. Simon tat so, als würde ihn das nicht interessieren, und drehte sich zur Spüle.

»Ich frage Sie noch mal, wissen Sie nun, wo Frau Fritz wohnt oder nicht?«, hakte Bane nach.

Hastig holte Simon ein Glas aus dem oberen Schrank und füllte es mit Leitungswasser. Er hatte anscheinend nicht mitbekommen, dass der Polizist ihn das schon einmal gefragt hatte.

»Nein, ich habe keine Ahnung.«

Bane setzte seinen Lauf durch die Küche fort.

»Wissen Sie, es ist gar nicht so weit weg von hier. Eine gutbürgerliche Gegend, Sie wissen schon, wo jeder jeden kennt und wo es sofort auffällt, wenn jemand Neues hinzukommt.«

Simons Luft wurde dünner. Ihm fiel es schwerer zu atmen, eine Hitze stieg in ihm auf und auch der Druck stieg wieder an. Es fühlte sich an, als stände sein Kopf kurz vor der Explosion. Ihm gelang es nicht mehr, zu verbergen, was in seinem Inneren geschah. Das Wasserglas in seiner Hand zitterte.

»Das Messer!«, rief ihm die Stimme zu. Vor ihm auf der Küchenzeile stand der Messerblock. Scott Bane kam dem Raum, in der die Gefriertruhe stand, immer näher.

»Vielleicht ist es nur Zufall, aber an dem Tag ihres Verschwindens stand ein anderes Auto vor ihrem Haus, eines, das den Beschreibungen zufolge Ihrem sehr ähnlich ist.«

Dieses Mal wandte sich der Polizist nicht zu Simon, sondern konzentrierte sich auf den dunklen kleinen Raum, der sich am Ende der Küche befand und nur durch einen dünnen Vorhang abgetrennt war.

»Das Messer«, sagte die Stimme nun lauter.

Simon stellte das Glas auf die Ablage. Ihm blieb keine Chance, denn nur wenn er tat, was die Stimme von ihm verlangte, wurden die unerträglichen Schmerzen gelindert. Langsam zog Simon eins der Messer aus dem Block. Der Druck, mit dem er den Holzgriff umklammerte, war so fest, dass man leise hören konnte, wie seine Hand das Messer umschloss. Die roten Adern in seinen Augen fingen an, sich schwarz zu färben.

Scott Bane stand nun vor dem Raum. Mit

dem Hut in der linken Hand wollte er gerade den Vorhang zur Seite ziehen, als plötzlich ein unerwartetes Geräusch die Küche erfüllte und ihn zusammenzucken ließ. Es war sein Handy, das klingelte. Bane ließ ab von seinem Vorhaben und nahm den Anruf an. Dabei drehte sich der Polizist wieder zu Simon, der mit dem Wasserglas an der Spüle stand. Was Bane nicht sehen konnte, war das Messer, das hinter seinem Rücken lag.

Nach kurzem Gespräch legte er auf.

»Ich muss leider los, wenn Ihnen noch etwas einfällt oder Sie sich bei ihnen melden, dann rufen Sie mich an!« Er hielt Simon eine Karte hin. »Ach ja, und Sie sollten in der nächsten Zeit keine größeren Reisen machen, ich komm sicher noch mal auf Sie zurück!«

»Wann ist sie verschwunden?«, fragte Simon. Bane, der schon aus der Küche raus war, kam noch mal zurück.

»Wie bitte?«

»Ich meine, wer hat sie vermisst gemeldet, ist sie nicht mehr zur Arbeit gekommen oder seit wann wird sie vermisst?«

Bane antwortete: »Seit beinahe zwei Tagen fehlt von ihr jede Spur. Ihr Mann hat sie als vermisst gemeldet, weil sie nicht nach Hause gekommen ist.«

Er setzte seinen Hut auf, nickte Simon zum Abschied zu und verließ das Haus.

Als die Eingangstür ins Schloss fiel, entspannte Simon sich wieder. Er blickte auf die Karte, die ihm der Polizist in die Hand gedrückt hatte. Es war knapp gewesen und beinahe wäre ihm der Bulle auf die Schliche gekommen. Ihm wurde bewusst, dass er nun besser aufpassen musste, und beschloss, sich eine andere Kühlbox zu besorgen, um alle Leichenteile unterbringen zu können. Er zog sich seinen Mantel an, steckte die Karte ein und machte sich auf den Weg zum Baumarkt.

Baumärkte hatten heutzutage alles, doch diesmal brauchte er etwas zum Abschließen. Plus ein Schloss für die vorhandene Kühltruhe. Simon war sehr aufgewühlt. Der Besuch des Polizisten machte ihm doch mehr zu schaffen, als ihm anfangs bewusst gewesen war, und er warf auch einige Fragen auf. Wie kam die Polizei so schnell auf seine Fährte? Bane sagte, ein Auto ähnlich wie seins habe man an ihrem Haus gesehen. Also konnten sie ihn nicht über das Nummernschild gefunden haben, sonst wüssten sie, dass es sein Auto gewesen war. Es konnte nur jemand von seiner ehemaligen Arbeitsstelle gewesen sein, der ihn verraten hatte. Und obwohl es viele Personen gab, die das hätten sein können, war sich Simon sicher, dass es Diana war. Etwas in seinem Kopf sagte ihm, dass sie es war. Es *wollte*, dass sie es war. Um ihn noch verratener und allein gelassener dastehen zu lassen. Sie, die immer so nett und fürsorglich zu ihm gewesen war, entpuppte sich schlussendlich als genauso herzlos und verräterisch wie der Rest der Welt. So oft, wie Simon in seinem Leben schon enttäuscht worden war, war das trotzdem hart. Er mochte sie wirklich, doch der Hass in seinem Körper war mittlerweile so groß geworden, dass die schönen Erinnerungen von der Dunkelheit einfach verschluckt wurden. Simon spürte, wie sie sich in seinem Körper ausbreitete und das Gute verzehrte.

Schweißgebadet kam er im Baumarkt an. Sein Blick war leer und sein Kopf zuckte vor Schmerzen. Schnell fündig geworden, eilte er zur Kasse. In dem Laden durchbohrten ihn die Blicke der anderen Kunden. Er konnte hören, wie sie über ihn redeten, ihn verspotteten, ihn auslachten. Sie versuchten nicht einmal, es heimlich zu tun. Je schneller Simon ging, desto rascher verstummten die Stimmen auch wieder. Doch in der Schlange an der Kasse gab es kein Entkommen. Es wurde immer lauter um ihn herum: »Schau mal, wie der aussieht, was ist mit dem, bleib bloß weg von dem Mann, bestimmt ein Verrückter!« Nervös wippte er mit einem Bein und versuchte die Stimmen mit einem Summen zu übertönen.

Als Simon an die Reihe kam, blickte ihn die Kassiererin erschrocken an. Zitternde, schweißnasse Hände legten das Geld auf den Tresen. Es war so unglaublich laut und die Menschen in der Schlange hinter ihm beobachteten alles.

»Was wollt ihr?«, schrie Simon und blickte die Leute an.

Totenstille. Einige Leute schauten ihn verdutzt an, andere sahen betont weg oder wechselten an eine andere Kasse. Schnell nahm Simon seinen Einkaufswagen und schob ihn Richtung Auto. Obwohl er schon draußen auf dem Parkplatz war, verfolgte ihn das Lachen und Gespött der Leute weiter. Eilig warf er die kleine Kühlbox und die Kette mit dem Schloss ins Auto. Als er mit quietschenden Reifen vom Parkplatz fuhr, blickten ihm noch einige Personen hinterher. Es wurde wieder leiser.

Wie befreiend war es, endlich wieder zu Hause zu sein! Simon schloss die Tür hinter sich. Endlich wieder allein. Endlich wieder Ruhe. Doch als die Stille wieder eintrat, wurde die Wut in ihm wieder wach. Simon konnte nicht aufhören, über Diana nachzudenken. Wie man sich in Menschen täuschen konnte! Und er dachte, sie sei auf seiner Seite und könne verstehen, dass ihm keine andere Wahl blieb. Stattdessen spottete sie und zeigte wie alle anderen mit dem Finger auf ihn. Obwohl Simon keine Beweise dafür hatte, klang das in seinem Kopf nur zu logisch. So eine Verräterin konnte man nicht einfach ungestraft davonkommen lassen. Und je länger er darüber nachdachte, umso stärker wuchs in ihm wieder dieser unerträgliche Hass heran. Simon holte den Arm und den Fuß aus dem Gefrierfach und stopfte sie in die kleine Kühlbox, die nun ebenfalls in dem Kämmerchen in der Küche stand. Ein schwarzer Tropfen landete auf der Plastikhülle des gefrorenen Fußes. Es folgten noch zwei kurz aufeinander, dann hielt sich Simon die Nase zu und ging zum Waschbecken. Eine Kette mit großem Schloss umschlang die große Tiefkühltruhe, damit nun niemand auch nur zufällig einen Blick hineinwerfen konnte. Mit beiden Armen auf dem Waschbecken der Küche abgestützt, ließ Simon die schwarze Brühe ins Waschbecken tropfen. Sein leerer Blick fixierte die Kacheln an der Wand, während die schwarze Flüssigkeit weiter aus seiner Nase lief und sich ihren Weg zum Kinn bahnte. Das grelle Küchenlicht hinter ihm erreichte nur die wenigen orangefarbenen Haare auf seinem Kopf, sodass sein Gesicht im Schatten lag. In seinen Augen glomm der Hass. Die Mundwinkel gingen langsam nach oben und man konnte ein finsteres Grinsen erkennen.

Simon nahm sich ein Handtuch und putzte sich ab. Hastig zog er seine Schuhe und den Mantel an. Es war klar, was zu tun war. Er öffnete die Eingangstür und wollte eilig zum Auto laufen, doch jemand stand ihm im Weg.

Es war Ben, der, noch mit zum Klopfen gehobenem Arm, im Hauseingang stand.

Überrascht blickten sich beide an. Nach einem kurzen Moment der Stille fragte Simon genervt:

»Was willst du denn hier?«

Ben nahm langsam den Arm wieder runter.

»Ich freue mich auch, dich zu sehen, Dad. Was ist denn los? Wieso geht ihr nicht ans Telefon? Wir haben uns Sorgen gemacht!« Er blickte seinen Vater fragend an.

»Ich kann jetzt nicht, ich muss los«, antwortete Simon und wollte seinen Weg zum Auto fortsetzen. Ben jedoch wich nicht von der Stelle. Etwas kam ihm seltsam vor, denn so hatte er seinen Vater noch nie erlebt.

»Dann rede ich halt mit Mum«, sagte er etwas beleidigt und drückte sich an seinem Vater vorbei ins Haus.

»Mum, bist du da?«, rief er laut.

Simon schloss die Tür. Dieses Dröhnen in seinem Kopf machte ihn wahnsinnig. Mit Daumen und Zeigefinger drückte er sich gegen die Stirn, allerdings nur mit mäßigem Erfolg.

»Du siehst nicht gut aus, Dad, ist alles in Ordnung?«

Simon nickte nur.

»Ich hab sicherlich zehnmal angerufen! Wieso meldet ihr euch denn nicht?«

Simon blieb ohne Reaktion am Eingang stehen.

»Jetzt sag doch was!«, forderte Ben.

Simons Stirn glänzte vom Schweiß.

»Wo ist Mum?«, fragte Ben ungeduldig. »Mum, bist du da?«, rief er noch einmal.

Simon nahm die Hand runter und sagte mit ruhiger Stimme:

»Tut mir leid, ich hol uns kurz was zum Trinken und dann erklär ich dir alles.«

Mit einem gezwungenen Lächeln nahm Simon den Schlüssel aus seiner Manteltasche und legte ihn in eine kleine Schale. Dabei fiel ihm die Visitenkarte des Polizisten auf den Boden. Simon bemerkte es nicht, hängte den Mantel auf und ging in die Küche. In dem Glauben, er müsse sich übergeben, lief er schnell zur Spüle. Simon hoffte, dass es ihm danach besser gehen würde. Über das Waschbecken gebeugt versuchte er seine Atmung zu kontrollieren, das Übel herauszupressen. Doch außer Husten und Würgen kam nichts. Es war bereits zu tief in ihm drin und verseuchte ihn.

Ben lief nervös im Wohnzimmer umher. Er fing an mit seinem Vater zu reden:

»Ich dachte schon, dass vielleicht was Schlimmes passiert ist, weil ihr euch nicht gemeldet habt. Ich hoffe, Mum geht es gut!« Er bemerkte das zerbeulte Telefon, das neben der Couch stand.

Simon konnte nur Bruchteile von dem verstehen, was Ben sagte, so als ob er unter Wasser redete.

»Ganz schön neugierig, der Bengel!«, sagte die zischende Stimme zu Simon.

»Halt die Klappe!«, fauchte er.

Sein ganzer Körper fing an zu zittern. Simon kämpfte mit allen Mitteln.

Ben bemerkte die Visitenkarte, die Simon aus der Tasche gefallen war, und hob sie auf. Es war etwas dunkel im Eingangsbereich und so ging er mit der Karte zur Terrassentür und hielt sie ins Licht.

»Was wollte denn die Polizei von euch?«, rief er laut und wandte sich wieder um.

Zu seiner Überraschung stand sein Vater schon am anderen Ende des Raums und blickte ihn ausdruckslos an. Wie bei einem Duell standen sich beide gegenüber.

»Wo ist das Trinken?«, fragte Ben mit einem unsicheren Lächeln.

Simon stand nur da und hielt den rechten Arm leicht hinter dem Rücken angewinkelt. Ben machte einen Schritt auf seinen Vater zu. Da sprach Simon plötzlich mit bebender Stimme: »Ich liebe dich, mein Junge!«

Eine Träne floss ihm über die Wange. Von außen her fingen die Adern in seinen Augen an, sich schwarz zu färben, und nahmen langsam das ganze Auge ein, wie ein Ölfleck, der seinen Untergrund einnimmt.

»Lauf weg«, flüsterte Simon mit schwacher Stimme.

Ben, erschrocken und verwirrt, wollte instinktiv zu seinem Vater.

»Dad, was ... was ist mit dir?«, fragte er mit Tränen in den Augen.

Simon holte die Hand hinter seinem Rücken hervor. Die Klinge des Küchenmessers glänzte in der Sonne.

Ben wich wieder zurück und hielt abwehrend die Arme nach oben. Aus dem weinenden Gesicht von Simon war ein ernstes Gesicht mit toten schwarzen Augen geworden. Beide standen sich starr gegenüber, Ben eingefroren im Schock.

Plötzlich, aus heiterem Himmel, ohne Vorankündigung, stürmte Simon auf Ben zu. Der versuchte sich zurückzuziehen und lief rückwärts, bis ihn die Tür zum Garten stoppte. Simons kleiner, massiger Körper stampfte mit einem Schrei auf Ben zu. Der nahm die Hände noch höher, um sich vor dem Angriff zu schützen. Wie von Sinnen, mit dem Messer voraus, stürmte der Vater in seinen Sohn hinein. Das Messer bohrte sich durch Bens schützend erhobenen Arm. Die Spitze machte den Anfang und mit Leichtigkeit glitt die scharfe Seite durch das Fleisch und riss die Wunde auf. Leicht, noch vom Knochen abgelenkt, ging die Spitze auf der anderen Seite des Unterarmes ein zweites Mal durch die Haut und durchschlug den Arm. Die Wucht des Aufpralls war so enorm, dass es die Terrassentür bersten ließ und beide den kleinen Treppenabsatz hinunter in den Garten fielen. Ben krallte sich im Fallen an Simon fest. Es geschah wie in Zeitlupe. Er sah das Messer, wie es bis zum Griff in seinem Arm steckte und hinter sich eine Blutspur durch die Luft zog, sah die Messerspitze, die aus der anderen Seite seines Armes ausgetreten war. Ein paar Holzsplitter taumelten durch die Luft. Beide Männer knallten heftig auf die Steinplatten des Weges, der sich durch den Garten zog. Simon schlug so hart mit dem Kopf auf, dass er beinahe ohnmächtig wurde.

Es dauerte einen kurzen Moment, bis beide wieder klar waren. Sofort kroch Ben panisch von seinem Vater weg, stöhnend, den verletzten Arm nah an den Körper gelegt. Simon richtete sich langsam auf. Auf allen Vieren und mit einer kleinen Platzwunde am Kopf, aus der ihm das Blut über die rechte Gesichtshälfte lief, starrte er Ben an. Sein Gesicht war mit Blutspritzern verschmiert und seine Miene voller Angst.

In diesem Moment bahnte sich die Sonne einen Weg durch die Wolken und erleuchtete den Garten in seinen schönsten Farben. Simon war gefesselt von diesem Anblick und es tat so gut, wie die Strahlen ihn wärmten. Für einen Moment lang schienen alle Sorgen verschwunden zu sein. Der perfekte Zustand ...

Doch gleich danach wurde ihm plötzlich klar, was er eben versucht hatte. Das Wichtigste und Wertvollste zu zerstören, was er besaß: seinen eigenen Sohn. Der Schmerz war hundertmal schlimmer als der innere Druck, den er ständig verspürte. Er brach zusammen und weinte bitterlich. Ihm wurde klar, dass er zu einem Monster herangereift war, das vor nichts zurückschreckte.

Ben bemerkte, dass von seinem Vater keine Gefahr mehr ausging, und sackte vor Erschöpfung zusammen. Ben, mit dem Messer im Arm, lag auf der Wiese, Simon ein paar Meter weiter weinend zusammengekauert in seinem wunderschönen, sonnendurchfluteten Garten.

Die schrecklichen Taten wurden aufgedeckt. Ben wurde wieder vollständig gesund, sprach jedoch nie wieder ein Wort mit seinem Vater. Simon kam in eine Psychiatrie und wurde unzähligen Tests unterzogen, die er alle mit Bravour bestand. Viele Ärzte kamen von weit her und versuchten ihn zu analysieren, doch sie kamen zu unterschiedlichen Ergebnissen. Einige diagnostizierten eine schwere Schizophrenie, die sich über die Jahre entwickelt hatte, andere behaupteten, dass es etwas mit Yin und Yang zu tun habe, und wieder andere, dass es nur die logische Konsequenz war, wenn man sein ganzes Leben lang nur alles in sich hineinfraß. Wäre es überhaupt so weit gekommen, wenn er eine einfühlsamere Frau gehabt hätte oder andere Arbeitskollegen? Man weiß es nicht. Fakt war, dass Simon in den Jahren in der geschlossenen Psychiatrie nie auch nur ein schlechtes Wort benutzt, geschweige denn jemandem körperlichen Schaden zugefügt hatte. Viele konnten sich nicht erklären, wie er überhaupt in so einer Anstalt landen konnte. Simon wusste, dass er wahrscheinlich nie wieder freikommen würde. Das war auch das Mindeste, was er seiner Meinung nach verdiente. Dass er jedoch wahrscheinlich nie wieder seinen Sohn sehen würde, bereitete ihm den größten Kummer.

So vorbildlich Simon als Patient war – wenn man nachts durch das Sicherheitsglas in sein dunkles Zimmer schaute, konnte man ihn auf seinem Bett sitzen sehen, mit leuchtenden Augen und einem hämischen Grinsen an die Wand starrend. Einige Wärter übersprangen bei den Kontrollgängen Simons Zelle, da sie hätten schwören können, dass sie gesehen hatten, wie sich seine Augen schwarz färbten.

Der 45-jährige Versicherungsangestellte Simon lebt mit seiner Frau Maggie in einem bescheidenen Häuschen in einem Vorort von London. Stoisch verrichtet der Sonderling und Außenseiter seine Arbeit im Großraumbüro der Firma und lässt die ständigen Schikanen der Kollegen an sich abprallen. Die lieblose Gleichgültigkeit seiner verfetteten Frau, die ihr Leben nur noch vor dem Fernseher verbringt, seit der gemeinsame Sohn ausgezogen ist, nimmt er ebenfalls hin. Das Einzige, was ihm Freude macht, ist sein Garten, in dem er nach einer zermürbenden Sechs-Tage-Woche jeden Sonntag Zuflucht sucht.

Als die beruflichen Anforderungen sich erhöhen, macht sich in Simon eine Veränderung bemerkbar. Die körperlichen Unpässlichkeiten führt er zunächst auf die vielen Überstunden zurück, obwohl die Symptome zunehmend unheimlicher werden. Bald nimmt er wahr, dass etwas in ihm die Kontrolle zu übernehmen beginnt und immer mehr an Macht gewinnt. Als Simon erkennt, dass dieses Etwas sich von seinen Schwächen nährt und eine äußerst erbarmungslose Seite in ihm zum Leben erweckt, ist es bereits zu spät ...